W0085615

BASTEI
LÜBBE

Von Jill Steinberg erscheinen bei BASTEI-LÜBBE:

10120   Die unverbesserliche Miss Lucie
10365   Neue Geschichten von Miss Lucie
10948   Miss Lucie zieht in den Süden
11517   Immer Ärger mit Charly
11801   Oh, diese Quälgeister
12007   Die Quälgeister spielen verrückt

Jill Steinberg

Katzen-
pfötchen

BASTEI-LÜBBE-TASCHENBUCH
Band 12257

© 1991, 1994 by Gustav Lübbe Verlag GmbH,
Bergisch Gladbach
Printed in Germany Dezember 1994
Einband- und Innenillustrationen: Arnhild Johne
Einbandgestaltung: Roland Winkler
Satz: Kremerdruck GmbH, Lindlar
Druck und Bindung: Ebner Ulm
ISBN 3-404-12257-7

Der Preis dieses Bandes versteht sich einschließlich
der gesetzlichen Mehrwertsteuer

INHALT

1. Kapitel
Harry, der fünfzehnte Nothelfer 7

2. Kapitel
Der kleine Unterschied 25

3. Kapitel
Nina setzt sich durch 41

4. Kapitel
Nelly macht sich breit 55

5. Kapitel
Die Kühlschrank-Fehde 69

6. Kapitel
Das Möhrchen 83

7. Kapitel
Robin Rotkopf 95

8. Kapitel
Ein einseitig begabter Kater 107

9. Kapitel
Das Mißverständnis 123

10. Kapitel
Als Foncho erstmals eine Tür öffnete 143

11. Kapitel
Bei Nacht sind alle Katzen grau... 161

12. Kapitel
... und grau ist alle Theorie 173

1. KAPITEL

Harry, der fünfzehnte Nothelfer

Der Christenglaube verzeichnet bekanntlich
vierzehn Nothelfer, angefangen bei Antonius,
zuständig für verlorene Gegenstände.
Um unseren Sohn Simon aus der Bedrängnis
zu führen, bedurfte es eines fünfzehnten, der
in keinem heiligen Buch vermerkt ist.
Hier soll er Erwähnung finden und dankbares
Angedenken.
Er war ein Kater.
Wir nannten ihn Harry.

Von Simon, unserem Erstgeborenen, führte während seiner ersten Lebensjahre ein verschlungener Weg zu Harry, unserem ersten Haustier.

Der Weg dünkte mich endlos, und ich beschreibe ihn nur deshalb so eingehend, um Harry die Würdigung widerfahren zu lassen, die er verdient. Jene Jahre, so scheint es mir im Rückblick, waren prall gefüllt mit Erstmaligkeiten und entbehren jeder hilfreichen Routine.

Bevor mein Leben um Kinder und Tiere bereichert wurde, hatte ich mir weder um die eine noch um die andere Gattung nachhaltige Gedanken gemacht. Folglich waren auch meine Kenntnisse auf den einschlägigen Randgebieten gleich Null. Das heißt, ich konnte zwar einen Fernschreiber bedienen, aber keinen Gas-Backofen; und nie hätte ich erwartet, daß eine gut funktionierende Waschmaschine eine so entscheidende Rolle spielen würde. Ich wußte nichts von der Schmach, der man sich mit streifig geputzten Fenstern aussetzt, mit zerkratzten Parkettböden und vorübergehend im Hausflur abgestellten Kinderwagen.

Wenn ich früher mit Befremden bemerkt hatte, daß sich meine Kolleginnen nach ihrem Rückzug aus dem Berufsleben an den heimischen Herd bis zur Unkenntlichkeit veränderten, so wußte ich jetzt, warum.

Die letzte Klarheit darüber, daß ich mich im Büro jahrelang nur ausgeruht hatte, verschaffte mir Simon. Er kam mit einem starken Charakter zur Welt, einer Abneigung gegen geschlossene Räume und einem Freiheitsdrang, den zu befriedigen es der unendlichen Weite der Prärie bedurft hätte, begrenzt nur vom fernen Horizont.

Unseligerweise bewohnten wir die erste Etage eines dreistöckigen Hauses in der Frankfurter Innenstadt, ein denkbar kümmerliches Umfeld für unseren Sohn. Kaum konnte er sich aufrichten, ließen wir bereits eine Sicherheitskette an der Korridortür anbringen, andernfalls hätten wir Simon früh verloren.

Zu den Attraktionen, die ihn draußen lockten, gehörten in erster Linie die Tauben in den Grünanlagen. Seine Begeisterung schlug sich nieder in der Wortschöpfung »Täubi«.

Nachdem er eine Etage tiefer gerutscht war, nämlich in den Sitz des Sportwagens, entzückten ihn die stetig vorüberziehenden Hunde. Die Händchen begehrlich ausgestreckt, sie rasch und herausfordernd öffnend und schließend, wünschte Simon nichts sehnlicher, als diese Lebewesen zu greifen und an sich zu bringen, die er ebenfalls »Täubi« nannte. Hier wäre es an mir gewesen, ihn geduldig, freundlich und nachdrücklich zu verbessern.

Aber einer gewissen Hartnäckigkeit, mit der er beim Gewohnten zu bleiben wünschte, war nur schwer beizukommen, zumal ich, Simon vor mir her schiebend, stets kiloweise Einkäufe im Netz des Sportwagens transportierte. Rechts und links des Bürgersteigs gähnten dunkle Krater, die den U-Bahn-Bau ankündigten, und Simon hatte die enervierende Kunstfertigkeit entwickelt, seine Schuhe aufzuknüpfen, abzustreifen und verstohlen in die Abgründe fallen zu lassen. Gelegentlich ließ er auch Äpfel folgen, Möhren, Zwiebeln oder Zitronen. Um nicht ärmer zu Hause anzukommen, als ich vorher gewesen war, mußte ich höllisch aufpassen. Und so geschah es, daß auch ich nur matt wiederholte, was Simon mir suggestiv vorsprach, sobald sich ein Pudel, ein Pekinese oder ein Boxer näherte.

»Täubi«, murmelte ich.

Hält man das für möglich?

Bedenken kamen mir erst bei einem Zoo-Besuch, wo ich mich – fern den Tücken des Alltags – in ausreichend klarer Geistesverfassung befand, um meinem Sohn deutlich zu widersprechen, der die Elefanten als Tauben bezeichnete. Simon ertrug Widerspruch nur in gewissen Grenzen. Lediglich weil sein Vater angesichts der riesigen, grauen Dickhäuter beharrlich von Elefanten sprach und immer wieder von Elefanten, ließ sich Simon widerwillig dazu herab, neben den Täubis eine weitere Spezies gelten zu lassen: die »Hüliwanten«.

Dazwischen gab es lange Zeit nichts.

Dreijährig erst bequemte er sich zur Bezeichnung »Hund« gegenüber einem Dackel, den sein Großvater zu Besuch mitbrachte. Das Tier floh unter Schränke und Konsolen vor Simons überströmender Liebe und dem Kissen, das er ihm unterzulegen wünschte.

Nach einer Woche kehrte der Hund freudig und erleichtert ins kinderlose Heim der Großeltern nach Köln zurück, während Simon sich vor Sehnsucht nach ihm verzehrte.

Nach den zermürbenden Anstrengungen, die der Hundebesuch allen Beteiligten auferlegt hatte, wäre es mir nicht im Traum eingefallen, Simons Sehnsucht nach solch einem Hausgenossen zu stillen.

In diese Zeit fiel ein folgenschwerer Weg zur Post, den wir Hand in Hand zurücklegten, Simon und ich.

An der Hand zu gehen war eine der barbarischsten Strafen, die man ihm auferlegen konnte, worüber er weder mich noch ahnungslose Passanten im Zweifel ließ. Er zerrte erbittert, drehte, krümmte und wand sich, knickte in den Knien ein, ließ sich schleifen und stieß Schreie der Empörung aus.

Es war früher Frühling. Schmutzige Schneereste lösten sich auf in unergründliche schwarze Pfützen.

Ich trug ein Paket unterm Arm, das dauernd Gefahr lief, ins Wasser zu fallen. Beim Versuch, es fester zu fassen, entglitt mir Simons Händchen, und im Bruchteil einer Minute hockte er bereits auf dem Boden, um ein paar Smarties aus einer Pfütze zu klauben und entzückt zu verschlingen.

Bis zu diesem Tag hatte Simons Gewohnheit, wahllos alles in den Mund zu stopfen, was ihm unter die Augen kam – den Sand im Sandkasten, die Ameisen auf dem Rasen – keine Auswirkungen gezeigt.

Aber der Schutzengel, der Kindern oft beigegeben ist, zieht sich gelegentlich zurück.

Am nächsten Tag kam Simon mit einer lebensgefährlichen Viruskrankheit in die Kinderklinik.

Besuchen durften wir ihn nicht.

Zwar schlichen wir uns täglich ein, aber mehr als ein kurzer Blick durch eine Glaswand auf ein halbes Dutzend Gitterbettchen wurde uns nicht gestattet.

Im Mund des Klinikpersonals erhielt das Wort »Eltern« einen abschätzigen, dubiosen Klang.

Eltern waren nicht nur unnütz. Eltern waren störende Elemente. Eltern waren eine Zumutung. Sozusagen das Allerletzte.

Den kindlichen Patienten, so wurde ich belehrt, war nichts so wenig zuträglich wie das Erscheinen ihrer Erzeuger. Es warf sie prompt in der Genesung zurück, lähmte jeden gesundheitlichen Fortschritt und verwandelte sie aus still ergebenen, pflegeleichten Wesen in ungebärdige kleine Monstren.

Aus allem, was man erfuhr, war der Einfluß der Eltern auf ihre Kleinkinder ungeheuer verderblich und wirkte dem Wohlbefinden aller Beteiligten, hauptsächlich dem der Ärzte, Schwestern und Putzfrauen, entschieden entgegen.

Ich wollte einwenden, daß Simon ohne jede Vorbereitung von einer Stunde auf die andere aus seiner vertrauten Umgebung herausgerissen worden sei. Daß ihm die Klinik beängstigend fremd erscheinen müsse und alles, was dort mit ihm geschah, für ihn an Horror grenze. Daß er sich gefesselt fühlen würde, wenn sie seine Händchen festbanden, damit er die Infusionen nicht störte. Daß er Trost brauchte. Daß er sich von allen verlassen fühle, die er kenne. Daß er die Situation nicht erfassen, nicht einordnen, nicht verarbeiten, mit anderen Worten: daß er Schaden nehmen könne. Daß man mich zu ihm lassen möge, um Gottes willen.

Nachdem ich mich so weit verstiegen hatte, warf man mich hinaus. Erst wenn das Kind entlassen werde, dürfte ich mich wieder sehen lassen.

Wochen, die mir wie Jahre vorkamen, mußten vergehen, bis wir Simon in Empfang nehmen durften, ausgeheilt, was Magen, Darm und Stoffwechsel anging, dafür behaftet mit einer panischen Angst vor großen Gebäuden und einer fatalen Neigung zu nächtlichen Alp- und Wachträumen, Schlafwandeln und Schreikrämpfen.

Es war die schwerste Prüfung, die uns je auferlegt wurde, und sie zog sich über Jahre hin, in denen unsere Tochter Friederike geboren wurde und wir aus der Frankfurter Innenstadt an den westlichen Stadtrand zogen. Wie mieteten ein Reihenhaus in einer Reihenhaussiedlung mit rückwärtigem Garten in der Nähe der Nidda, eines freundlichen, von Wiesengelände umgebenen kleinen Flusses.

Ich versprach mir viel von der vergleichsweise ländlichen Umgebung für die Entwicklung der Kinder, besonders für Simon, der immer noch nachts durchs Haus geisterte, über Kommoden stieg und stundenlang weinte.

Zwar hörten wir in Nebensätzen viel von Schlafstörungen bei Kindern, von regelmäßig verabreichten Luminalgaben und anderen Fragwürdigkeiten. Aber mein Glaube an die Kindermedizin war derart geschrumpft, daß ich ärztliche Hilfe auch dann nicht in Erwägung gezogen hätte, wenn Simon dazu zu bewegen gewesen wäre.

In meinem Herzen hegte ich eine geheime, durch nichts genährte Hoffnung.

Die Hoffnung auf ein Wunder.

Zunächst geschah jedoch nichts, außer daß Simon fünf Jahre alt wurde und Friederike zwei. Unsere Vorstadt-Gegend wimmelte von Kindern, deren einige alsbald in unser Leben traten.

Da gab es zum Beispiel einen, von dem ich erst später erfuhr, daß er Thomas hieß. Blinzelnd schob er sich durch die offene Haustür, würdigte mich eines zerstreuten Blicks und stieg stumm die Treppe zum ersten Stockwerk hinauf. Ich hörte ihn in Simons Zimmer rumoren und wieder ans Geländer treten. Falls er Simon suchte, hatte er Pech, denn der war im Schwimmbad. Außerdem hegte ich berechtigte Zweifel, daß die beiden einander kannten.

Für Thomas spielte das keine Rolle. Ihm war's egal, wo sich Simon aufhielt.

»Hat er Puzzles?« fragte er, übers Geländer gelehnt.

Auf halber Treppe stehend, wohin ich ihm gefolgt war,

denn ich sah ihn schließlich zum ersten Mal, sagte ich ja, auf dem Regalbrett unterm Fenster müßten etliche sein, die meisten davon jedoch noch zu schwer, zu vielteilig –

»Oh, gut«, unterbrach mich Thomas und verschwand in Simons Zimmer.

Als er nach einer Stunde ging, ließ er auf dem Teppichboden ein fertiges Hundert-Teile-Puzzle zurück, das ein Blumenstilleben vor grau-blauem Hintergrund darstellte. Er wollte sich so wortlos davonmachen, wie er gekommen war, aber ich hielt ihn zurück.

Ich wollte wissen, wieso er Simons Zimmer mit nachtwandlerischer Sicherheit gefunden hatte. Schließlich war es sein erster Besuch bei uns.

Thomas, x-beinig im Flur stehend, rieb seine nackten Knie aneinander und sah mich erstaunt an. Was für eine überflüssige Frage! Alle Häuser in der ganzen Siedlung waren gleich. Im Erdgeschoß lagen Küche, Wohnzimmer und Klo, im ersten Stock das Bad und drei Räume. Im größten, zweite Tür rechts, schliefen erfahrungsgemäß die Eltern, im zweitgrößten, erste Tür rechts, das älteste Kind, im kleinsten, zweite Tür links, das jüngste Kind.

Man brauchte kein Puzzle-Genie zu sein, um sich blind zurechtzufinden. Kannte man ein Haus, kannte man alle.

Gewiß, das leuchtete mir ein. Aber wie verhielt es sich dort, wo mehr als vier Personen lebten? Wo es drei Kinder gab oder vier, plus Vater und Mutter? Mußte sich die Aufteilung dort nicht zwangsläufig stark unterscheiden?

Ja, vermutlich. Aber diese Häuser interessierten Thomas nicht. Weil, wie er düster ausführte, dort, wo sich zwei oder gar mehr Kinder ein Zimmer teilten, keine kompletten Puzzles zu finden waren, nur noch Bruchteile.

»Ramsch«, wie Thomas abschließend bemerkte.

Er wußte, wovon er sprach, denn er selbst hatte drei Brüder. Um so oft wie möglich ein vollständiges Puzzle legen zu können, mußte er sich anderweitig umtun, wobei er anderer Kinder Zimmer besonders in deren Abwesenheit schätzte.

Simon und Friederike, die Thomas ein paar Tage später kennenlernten, zeigten großes Verständnis für ihn. Taktvoll wurde er für die Dauer seines Aufenthaltes in Simons Zimmer allein gelassen.

Solcherart harmonisch gestalteten sich allerdings nicht alle Kinderkontakte, die sich in rascher Folge ergaben. Der erste, dessen Bekanntschaft wir machten, noch während der Möbelwagen ausgeladen wurde, war Kai, sechsjährig, blaßblond, fischäugig, mit teigfarbenem Gesicht.

Zwischen ihm und mir gab es keinen Funken Sympathie. Es war gegenseitige Abneigung auf den ersten Blick.

Aber Simon mochte ihn, und Friederike wurde einer der treuesten Vasallen des erfindungsreichen Kai, ließ sich von ihm mit Wäscheleinen an abseits stehende Bäume fesseln und, falls das geforderte Lösegeld nicht gezahlt wurde oder Kai zwischenzeitlich nach Hause mußte, dort achtlos vergessen.

Kais Gedächtnisverlust war so total, daß ihm auch dann nichts einfiel, wenn ich die Siedlung bereits mehrfach rufend durchstreift hatte und im Begriff stand, die Polizei einzuschalten auf der Suche nach meiner Jüngsten. Lärmend schloß er sich der Expedition an, die sich um mich herum bildete, und niemand war erstaunter als Kai, wenn wir Friederike schließlich entkräftet in den Leinen hängend fanden.

Gemeinsam mit Kai trat in der Regel Achim auf, Brillenträger und früh sich bildender Experte für Angelegenheiten der Fußball-Bundesliga. In praktischen Dingen legte Achim eine geradezu erschütternde Hilflosigkeit an den Tag. Mit steif ausgestreckten Armen ließ er sich von Simon den Anorak überziehen, während ihm Friederike fürsorglich den Reißverschluß einhakte. Nicht selten banden sie ihm auch die Schuhe zu, während Achim auf der Haustreppe saß und sich über ihrer beider Köpfe hinweg mit Kai über zu errichtende Straßensperren beriet, anzulegende Fallgruben und die Höhe der zu entrichtenden Abgaben.

Ihren Aktivitäten ständig mißtrauend, öffnete ich eines Tages die Haustür, nur um festzustellen, daß die Freunde sich gemeinsam bemühten, das schwere Eisengitter über unserem Kellerfenster zu heben.

Kai, tief gebückt, spinnenbeinig, hochrot im Gesicht vor Anstrengung, hätte es sicherlich geschafft, wäre der Partner nicht Achim gewesen, der sich eher auf das Gitter stützte, statt es hochzuziehen.

Auf meine Frage, was sie da suchten, lautete die Antwort erwartungsgemäß prompt und einstimmig: »Nichts.«

»Habt ihr etwas verloren?« hakte ich nach.

Stummes Kopfschütteln.

Ich ging wieder in die Küche, um Pudding zu kochen, den es mit Kompott zum ansonsten kalten Abendbrot geben sollte. Es war Hochsommer, und meine Kinder vergnügten sich unter der Dusche.

Angelockt von schrillem Streitlärm, der sich plötzlich draußen erhob, kam Simon eilig und barfuß die Treppe herunter, bekleidet nur mit hellblauen Frottier-Shorts, und stürmte hinaus. Eine innere Stimme riet mir, ihm zu folgen.

Auf dem Kellerfenster-Gitter hin und her taumelnd, rissen sich Kai und Achim gegenseitig ein faustgroßes Etwas aus den Händen, wobei erbittert die Eigentumsrechte erörtert wurden.

»He, was habt ihr denn da?« rief Simon.

»Eine ganz kleine Katze«, gab Kai triumphierend zurück.

Im Umgang mit ihm hatte ich mir angewöhnt, im Geist langsam bis zehn zu zählen, bevor ich meinen unkontrollierten Aversionen freien Lauf ließ.

So auch jetzt. Aber ich kam nur bis sieben, da hörte ich mich bereits mit barscher, agressiver Stimme dazwischenfahren.

»Gebt das Tier sofort her!«

Achim ließ die Hände sinken.

Kai maß mich mit einem kalten Blick aus fahlen Augen.

»Warum?« fragte er gedehnt.

»Weil es uns gehört«, erklärte ich mit einer Festigkeit, die mich selbst überraschte, ganz zu schweigen von Simon, der mich offenen Mundes anstarrte.

Kai glaubte mir kein Wort. Mit drohendem Unterton wandte er sich an Simon.

»Ist das wahr?«

Mein Sohn nickte willenlos, geschüttelt von einem Schluckauf, der ihn vor Aufregung befallen hatte.

»Also los, los«, befahl ich herrisch voller Ungeduld, denn noch bestand die Möglichkeit, daß Kai sich besinnen und mit der armen gequälten Kreatur davonjagen würde.

Gott sei Dank tat er nichts dergleichen.

Sehr widerstrebend händigte er mir das reglose kleine Geschöpf aus. Vier winzige Katzenpfötchen krallten sich verzweifelt in mein T-Shirt, als ich es unter meinem Kinn barg.

Ohne mich auf die von Kai sichtlich angestrebte längere Diskussion einzulassen, ging ich ins Haus, gefolgt von dem verwirrten Simon. Fest schlossen wir die Tür hinter uns.

Friederike, kaum abgetrocknet, mit feuchtem Blondhaar,

kam aufgeregt die Treppe herunter getrippelt, sah das Tier auf meinem Arm und traute ihren Augen nicht.

»Ist das lieb! Darf ich es anfassen?«

»Nur ganz vorsichtig.«

Sie strich mit dem Zeigefinger über das weiche, rötlich braun und weiß gemusterte Fellchen. Ein abweisendes »Kschsch« kam aus den Tiefen des kleinen Körpers.

Friederike zog erschrocken ihr Händchen zurück.

»Es hat Angst«, erklärte ich, »es ist fremd hier, und wer weiß, was es schon hinter sich hat!«

Wir gingen in die Küche. Das Kätzchen krallte sich fester an mich.

»Mama«, raunte Simon, der es mit der Wahrheit stets sehr genau nahm, »gehört es wirklich uns? Oder hast du das nur so gesagt?«

»Natürlich gehört es uns!«

»Aber wieso denn?«

In Simons Augen las ich tiefe Zweifel, deshalb mußte ich scharf nachdenken. Glaubwürdig zu bleiben war das erste Gebot im Umgang mit Kindern.

»Das Kätzchen saß vor unserem Kellerfenster unterm Gitter. Es hat sich unser Haus ausgesucht, nicht Kais Haus, nicht Achims Haus. Unseres, verstehst du? Ich hab' sie vorhin schon dabei erwischt, wie sie das Gitter heben wollten, die Buben —«

»Um es zu klauen!« ereiferte sich Friederike.

»Ach so!« sagte Simon erleichtert.

Darauf ging ich nicht näher ein. »Auf jeden Fall hat es bei uns Schutz gesucht«, fuhr ich mit erhobener Stimme fort, »und den wollen wir ihm gewähren, nicht wahr?«

»Klar«, sagte Simon bewegt.

Es war ein ausnehmend schönes Tierchen mit rostfarbener Musterung über Rücken, Schwanz und Stirn. Der Rest war creme-weiß.

Wir ahnten nicht, wie alt es war, ob männlich oder weiblich, krank oder gesund. Wir wußten nicht, woher es kam und hatten nicht die geringste Erfahrung mit Katzen. Als die winzigen Pfoten sich stampfend zu bewegen begannen, wobei mich die scharfen Krällchen empfindlich piekten, hielt ich zwar still, aber ich wußte nicht, daß dies der Milchtritt ist, mit dem die Neugeborenen das Gesäuge der Mutterkatze bearbeiten, um die Milch in Gang zu setzen, eine Gewohnheit, die sie lebenslänglich beibehalten und immer dann anwenden, wenn sie sich so warm und geborgen fühlen wie am Anfang ihres Lebens.

Ich dagegen, ignorant und wieder einmal mit einer Erstmaligkeit konfrontiert, hielt es für eine Agression des streitbaren kleinen Wesens, das vornehmlich fauchte.

Heute, da etliche Katzengenerationen durch unsere Hände gegangen sind, ist mir schmerzlich klar, daß wir unserer ersten nicht gerecht geworden sind.

Wir fütterten unseren Rotkopf umgehend mit Pudding, der gerade abgekühlt war, statt ihm Milch mit Wasser zu mischen, was ihm sicherlich besser getan hätte für den Anfang und nach der langen Durststrecke, die er zweifellos hinter sich hatte.

Danach zog er sich so weit unter meinen Schreibtisch im Wohnraum zurück, daß man ihn nicht ohne weiteres greifen konnte, und jedem, der sich auf allen vieren näherte, schickte er ein warnendes »Kschsch« entgegen.

Inzwischen füllten wir einen Schuhkarton mit Gartenerde, der später durch ein Katzenklo aus Kunststoff mit Spezialstreu ersetzt wurde. Zu spät, wie sich herausstellte, denn

Harry, wie er noch am gleichen Abend genannt wurde, blieb bei der gewohnten Erde.

Am liebsten benutzte er den vertrauten Boden draußen, von dem er kam. Drinnen entschloß er sich für die Pflanzenschalen, die unsere niedrige Fensterbank schmückten. Besonderen Vorzug gab er dem großen Philodendron neben meinem Schreibtisch, der daraufhin allmählich einging.

Der Name Harry war nur eine Alternative. Sollte sich das Findeltier als weiblich herausstellen, würde es Harriett heißen. Das klang so ähnlich und würde daher keine Verwirrung stiften.

Um meinen Mann günstig zu stimmen, hatten wir ihm die Namensgebung überlassen. Seiner Ansicht nach handelte es sich um einen Kater, aber mit letzter Sicherheit konnte auch er es nicht sagen.

Im übrigen bedurfte es keiner diplomatischen Winkelzüge, um ihn Harry gegenüber geneigt zu machen. Die Kinder taten es trotzdem, indem sie sich gegenseitig überboten und überschrien. Immer wieder wies Simon darauf hin, daß Harry sich unser Haus ausgesucht habe, unser Kellerfenster, unsere Familie. War das nicht eine Auszeichnung? Hoben wir uns damit nicht deutlich ab vom Rest der Siedlungsbewohner?

Simon liebte es, uns als etwas Besonderes zu empfinden. Sein Vater fand das weniger beeindruckend. Ihm gefielen Harrys Farben. Sie deckten sich mit dem Teppichboden im oberen Stockwerk, sie paßten zu den Polstermöbeln und sogar zu den Bilderrahmen.

Es fügte sich glücklich, daß Harry jedem auf seine Weise entgegenkam.

Wir hielten ihn anfangs nur im Haus. Ihm feste Plätze zuzuweisen erwies sich als sinnlos. Er strich durch die Räume, machte sich vertraut mit allen Winkeln, Fensterbänken und Polstern, schätzte unsere Gewohnheit, alle Türen offenzulassen, und richtete sich für die Nacht häuslich auf Simons Bett ein.

Ausgerechnet, dachte ich. Das hatte unserem schlafgestörten Kind gerade noch gefehlt.

Aber Simon bettelte und flehte, und ich war zu müde, lange Diskussionen zu führen, und was heute erlaubt wurde, war morgen schon Gewohnheitsrecht.

Allabendlich rollte sich Harry in der kleinen Kuhle zusammen, die er sich auf Simons Bettdecke mit allen vier Pfötchen energisch grub.

Wir bemerkten die Folgen nicht gleich.

Im Lauf der nächsten Wochen, wenn ich nachts aufwachte und beklommen lauschte, ob es an der Zeit war, aufzustehen, um Simon aus seinem quälenden Wachtraum zu wecken, zu beruhigen und zu trösten, hörte ich nichts.

Anfangs stand ich trotzdem auf, nur um Simon friedlich schlafend in seinem Bett zu finden. Der einzige, der sich gähnend streckte, spielerisch herumrollte und mich mit halb geschlossenen, blauen Augen anblinzelte, war Harry. Ich kraulte ihn ein bißchen unterm Kinn, hörte ihn zufrieden schnurren und zog mich wieder zurück.

Nach und nach kam uns zu Bewußtsein, daß Simon nachts ihm Bett blieb, daß er nicht mehr herumgeisterte und nicht mehr weinte. Er sprach zwar noch im Schlaf, flüssig und unverständlich, aber er schrie nicht mehr.

An einen Dauerzustand wagte ich noch nicht zu glauben, sprach mit niemandem darüber und fürchtete ständig einen Rückfall ins frühere Verhaltensmuster.

Aber die segensreiche Wirkung des kleinen Harry hielt an, der des Nachts geheime Kräfte entwickelte, den bösen Spuk verjagte und die Mächte der Finsternis brach.

Wer hätte das gedacht!

Ich nicht, und auch jetzt will ich kein Rezept verabreichen und keine Lebensregel aufstellen.

Es war ein Wunder, und nur als Wunder soll es gelten.

Da von Harry über seine Wundertätigkeit hinaus noch einiges zu berichten ist, wird auch im nächsten Kapitel von ihm die Rede sein.

2. KAPITEL

Der kleine Unterschied

Tina lächelte mich verzeihend an und sagte: »Es hat alles seine Richtigkeit, Jill. Der Doktor hat dir keine Sterilisation, sondern eine Kastration berechnet. Dafür nimmt er ein Drittel weniger. Mach dir nichts draus!« Mir fehlten die Worte.

Ein beliebtes humoristisches Thema rankt sich um angebliche Kater, die eines schönen Tages unbemerkt mit einem Wurf reizender Katzenkinder niederkommen, vornehmlich in Wäscheschrankfächern oder Kommodenschubladen.

Geschichten dieser Art werden von nüchternen, fest auf dem Boden der Tatsachen stehenden Menschen als Effekthascherei abgetan. Situationskomik, wenn sie wirken soll, darf nicht an den Haaren herbeigezogen werden. Auf das Beispiel weiter oben angewendet heißt das: Angebliche Kater gibt es nicht. Wer sie zum Ausgangspunkt seiner Geschichte macht, zum eigentlichen, einzigen Witz, der ist schlecht beraten. Schriftsteller, die etwas auf sich halten, sollten auf so billige Gags verzichten.

Es ist in der Tat lächerlich einfach, männliche und weibliche Katzentiere zu unterscheiden. Man erkundige sich in seinem Bekanntenkreis, und von zehn Personen werden acht imstande und bereit sein, die Diagnose zu stellen.

Unsere Ahnungslosigkeit im Fall des süßen kleinen Harry mit rost-beige gemustertem Fellchen und babyblauen Augen erklärte sich nur damit, daß wir total verstädtert und im Umgang mit jedweder Kreatur bar der simpelsten Erfahrung waren.

Kurz nach Harrys Eintritt in unser Leben traf sich die freitägliche Skatrunde meines Mannes in unserem Wohnzimmer. Meine Teilnahme bestand lediglich im Auftischen von Erdnüssen und Salzgebäck zu Beginn sowie im Auftragen einer Gulaschsuppe gegen Mitternacht. Die zwischenzeitliche Versorgung mit Getränken übernahm mein Mann, und die Unterhaltung bestand in der Regel aus Sinnsprüchen und gesummten Liedanfängen, wie zum Beispiel »Oh, wie wohl ist mir am Ahabend« – oder »Als Büblein klein an der Mutterbrust« –, unterbrochen von stürmischen Lachsalven und Getrommel auf die Tischplatte.

Um Mitternacht, als ich die Suppe kredenzte, erwähnte ich beiläufig unser erstes Haustier, wobei ich ohne falsche Scheu unser aller anatomische Unkenntnis bekannte. Auch deutete ich die Möglichkeit an, daß Harry sich eines schönen Tages das oft und gern zitierte Wäscheschrankfach als Wochenbett aussuchen würde, beziehungsweise die Kommodenschublade.

Der erste, der sich lebhaft dagegen aussprach, war unser Freund Kurt. Beruflich mit Humor befaßt, führte er aus, was ich bereits zu Anfang des Kapitels ausgeführt habe, nämlich daß dergleichen überhaupt nicht komisch, da schlicht unmöglich sei.

Er habe, fuhr Kurt zu unser aller Erstaunen fort, in englischer Kriegsgefangenschaft Katzen halten dürfen, und zwar über Jahre. Man könne ihn getrost als Experten betrachten, und wo das fragliche Tier sei. Er möchte es gern sehen, um uns die nötige klare Auskunft zu geben.

Ich schlich mich die Treppe hinauf und pflückte Harry von Simons Bettdecke, was er nicht sehr schätzte. Er blinzelte verwirrt, rieb sich mit der Pfote die Augen und barg den Kopf an meinem Hals, als ich ihn Kurt zur Begutachtung überreichen wollte.

Nun, vielleicht war das auch gar nicht erforderlich. Mochte Harry ruhig unter meinem Kinn festgehakt bleiben. Experten bedürfen ja nur eines kurzen, einschlägigen Blicks. So heißt es jedenfalls.

Eine Viertelstunde später trug ich Harry wieder hinauf. Kurt hatte Kratzspuren an den Händen, ich tupfte mir Jod auf den Hals.

»Die Beleuchtung ist zu schlecht«, hatte Kurt gemeint, »ich brauche Tageslicht.«

Dem stimmten wir ohne Zögern zu.

Da Kurt in der Nachbarschaft wohnte, war die Terminfrage kein Problem. Zwei Tage später, am hellen Nachmittag, fand er sich ein, zuversichtlich, vergnügt, händereibend.

Harry saß im Blumentopf und verunreinigte den Philodendron. Wir ließen ihn gewähren.

Da nahm Kurt ihn mit geübtem Griff rasch und entschieden an sich. Harry schlug ihm seine nadelspitzen Zähnchen in die Fingerkuppen und seilte sich eilig an den Cordhosen unseres Freundes ab, um spurlos unterm Schrank zu verschwinden.

»Tststs«, machte Kurt verblüfft, schüttelte lange den Kopf und setzte sich vor die Teetasse, die ich ihm inzwischen auf den Tisch gestellt hatte.

»So ein kleines Biest«, stieß er schließlich unwirsch hervor.

»Er hat sich eben früh seiner Haut wehren müssen«, gab ich zu bedenken.

Kurt trank den Tee. Ich wartete auf die Diagnose. Wie rasch ihm Harry auch entglitten sein mochte, schließlich hatte ich es mit einem Experten zu tun.

»Also?« fragte ich.

Kurt ließ den Blick gedankenvoll über die Kelche der Bromelien im Blumenfenster schweifen, über Gummibäume, Farne und Agaven, und als er endlich sprach, hatte seine Stimme einen verschwörerischen Unterton.

»Ich könnte dir ja jetzt irgend etwas Beliebiges sagen, nicht wahr?«

Das fand ich nicht. Das konnte er vielleicht mit Leuten machen, die er garantiert nie mehr wiedersah, aber nicht mit mir, die ich ihm jeden zweiten Freitagabend Salzbrezeln, Erdnüsse und Gulaschsuppe servierte.

»Du weißt es nicht?« fragte ich enttäuscht.

Nein, Kurt, der Experte, wußte es nicht. So wenig wie ich, die allgemein belächelte Ignorantin, konnte er Harry einordnen.

»Kann sein, wir haben es mit einem Spätentwickler zu tun,« meinte er achselzuckend, trank seinen Tee aus, verabschiedete sich herzlich und verwies mich auf den übernächsten Freitagabend. Bis dahin habe Harry mit Sicherheit seine Entwicklungsrückstände aufgeholt.

Dem folgenden Skatabend sah ich mit einer gewissen Spannung entgegen. Harry hatte die seltsame Gewohnheit angenommen, seine Vorderpfötchen auf alles zu setzen, das weich und wollig war. In einem schnurrenden Rhythmus stampfte er auf Pullovern, Bademänteln und Frottierhandtüchern herum und zog mit ausgefahrenen Krallen jede Menge Fäden heraus.

Ich dachte, das sei vielleicht ein Hinweis in diese oder jene Richtung, aber die Skatrunde winkte lachend ab.

Sie spielte sehr konzentriert an diesem Abend, titulierte sich gegenseitig mit »trübe Tasse« und anderen drastischen Freundlichkeiten und lehnte sich mit allen Zeichen starker Erschöpfung zurück, als ich die Suppe brachte.

Von Harry wollte niemand etwas wissen. Nein, ich solle ihn gar nicht erst holen. Keiner von ihnen hatte Lust, sich die Hände zerkratzen zu lassen, auch Kurt nicht.

Lediglich der Spieler Helmut Hahn zeigte sich bereit, überhaupt auf das Thema einzugehen. Seine Frau Ria, erklärte er mit bescheidenem Stolz, habe sich letztens kaputtgelacht über die Harry betreffende offene Frage. Für Ria, eine gestandene, tüchtige, aus etlichen Bauerngenerationen noch gänzlich intakt hervorgegangene Person gab es in diesem Punkt keine Rätsel und Verwaschenheiten. Man zeige ihr Harry, und sie gebe Auskunft, klipp und klar und zuverlässig.

Ich lud die beiden für Sonntagnachmittag zum Kaffee ein.

Interessehalber kamen auch Kurt und Elsie vorbei, es gab Windbeutel, mit Kirschen und Schlagsahne gefüllt, Ströme von Kaffee, und wer wollte, konnte Apfelwein haben.

Ria hatte eine unverblümte Art, sich über die Ahnungslosigkeit auszulassen, mit der wir, was Harry betraf, im Dunkeln tappten. Kurt, der sich räuspernd für uns einsetzte, weil, wie er vorbrachte, dem Tier jegliche Merkmale fehlten, wurde von Ria brüsk abgefertigt: »Das gibt's net!«

Inzwischen erschien Harry im Rahmen der offenen Terrassentür, musterte die große Tischrunde mit sichtlichem Vorbehalt und schlüpfte ins Blumenfenster, wo er sicher sein konnte, nicht so leicht aufgegriffen zu werden.

Alle drehten ihre Stühle und richteten gespannte Blicke auf Ria, die sich halb erhob, den Kopf reckte und ganz ruhig sagte: »Auf, geh, beweg dich mal!«

Harry starrte sie aus babyblauen Augen feindselig an. Er fauchte leise, hob im Zeitlupentempo sein Hinterteilchen und stolzierte geschmeidig zwischen Bromelien und Agaven hin und her.

Unser aller Blicke hingen an Ria.

»Ja, was ist denn jetzt?« raunte Helmut drängend und stieß sein Weib mit dem Ellenbogen an.

Ria beachtete ihn nicht.

»Simon«, befahl sie, »gib mir das Tier mal her!«

Das dauerte eine Weile.

Harry, als er schließlich auf ihren Knien saß, begann zu stampfen und mit den Vorderpfötchen Fäden aus dem Rock zu ziehen, den Ria trug. Sofort warf sie ihn hinunter.

Simon nahm ihn empört an sich und verschwand.

Ria äußerte sich nicht. Unwillig ließ sie sich ein Glas Apfelwein einschenken, und unwillig blieb sie. Der Nachmittag zog sich endlos hin. Um Ria nicht noch mehr zu verstimmen, brachte niemand mehr die Rede auf Harry, ganz im Gegenteil. Das Thema wurde ängstlich gemieden.

Letzten Endes war es ja auch eine Zumutung sondergleichen, Kaffeegäste mit läppischen Fragen zu traktieren, die sich jeder selbst leicht beantworten konnte.

Dies war die einzige Erkenntnis, die ich gewann.

Ob Harry eine Katze oder ein Kater war, erfuhr ich nicht.

Danach gab ich es auf, Leute zu befragen, obwohl es an Angeboten nicht mangelte. In der Zwischenzeit wurden Harrys Augen leuchtend grün, und was Schrankfächer und Kommodenschubladen angeht, brachte er mich nie in Verlegenheit. Statt dessen besprühte er die bodenlangen Vorhänge der Fensterfront mit penetranten Duftnoten und legte sich mit jedem Kater im weiten Umfeld an.

Wir gingen beim Tierarzt so regelmäßig aus und ein wie andere Leute beim Frisör, und wir gewöhnten uns daran, beim Essen den Blick abzuwenden von Harrys bandagiertem Hals, seinen verpflasterten Pfoten, seiner ramponierten Nase. Nie wieder haben wir einen so unerschrockenen Kämpfer beherbergt, und im nachhinein schien es tatsächlich lächerlich, die besagte Frage jemals aufgeworfen zu haben.

Jahre später, als Harry längst in Frieden ruhte, liefen uns zwei grau-weiße Kätzchen zu. Wir lebten um diese Zeit bereits in der Eifel, hielten vier Pferde, zwei Hunde und drei Katzen älteren Jahrgangs. Nach Aufzucht etlicher Würfe waren wir, was Jungtiere angeht, zu einer gewissen Souveränität gelangt.

Unsere Neuzugänge, offensichtlich ein Geschwisterpärchen, mochten ein Vierteljahr alt sein, als sie sich in der alten Lärche vor unserer Haustür niederließen. Nach anfänglicher Scheu und begreiflicher Angst vor unseren Hunden verließen sie zögernd ihren Standort und wagten sich ins Haus.

Wir nannten den Kater Pandit und sein Schwesterchen Emily. Beide wurden nicht nur gefüttert, sondern auch geimpft, und sie machten sich gut heraus.

An einem windigen Herbsttag besuchte uns ein Hobbybauer namens Hartwig. Er hat sich zur Gänze aufs Landleben eingelassen, und seine Kompromißlosigkeit geht so weit, daß er auch sein Brot selbst backt. Uns, die wir die totale Selbstversorgung nicht bewältigen konnten, versorgte Hartwig von Zeit zu Zeit mit Rüben von seinen Feldern, Eiern von seinen Hühnern und Äpfel von seinen Bäumen.

Anschließend tranken wir einen Kaffee, sahen durchs große Westfenster den Ponies bei ihrer Rübenmahlzeit zu und streichelten selbstvergessen unser Katzenpärchen.

Dabei erzählten wir Hartwig auch von Harry, mit dem dereinst alles angefangen hatte.

Als Landmenschen, zu denen wir inzwischen herangereift waren, lachten wir herzlich über meine damalige Ahnungslosigkeit, und Hartwig gestand ohne Umschweife, sich in seinem früheren Leben ebenfalls gründlich und häufig geirrt zu haben. Heutzutage könne er dagegen bereits auf den ersten Blick die Katze vom Kater unterscheiden.

»Ich erkenne es am Kopf«, erklärte er schlicht und tätschelte Emilys unschuldige weiße Stirn, »sehen Sie sich diese Kopfform an! Typisch für einen Kater!«

Dann streckte er die Hand nach Pandit aus, der sich scheu ihm Hintergrund hielt, kraulte ihn sanft unterm spitzen Kinn und murmelte: »Und das ist ein Mädchen, nicht wahr? Na komm, ich tu' dir nichts! Dich könnte niemand für einen Jungen halten!«

Pandit, als wolle er ihn nicht enttäuschen, entzog sich diskret Hartwigs streichelnder Hand. Emily gähnte und rollte sich zu einem Schläfchen auf seinen Knien zusammen.

Ein Vierteljahr später brachte sie fünf Junge zur Welt.

Jetzt, während ich dies schreibe, liegt sie Arm in Arm mit ihrer Tochter Nelly im Sessel. Wenn man nicht genau hinsieht, könnte man sie für Robben halten. Ihrer beider Köpfe sind kugelrund, die Augen ebenfalls, die Nasen stumpf und breit die Barthaare.

Hartwig haben wir seinen Irrtum damals schonend beigebracht. Er nahm es gefaßt auf. Er sei, sagte er, kein Dogmatiker. Es gebe Ausnahmen von jeder Regel, und die Regel sei nun einmal, daß Kater die dickeren Köpfe hätten.

Hier und jetzt könnte ich das Kapitel über die diversen Experten abschließen. Aber um der Wahrheit die Ehre zu geben, lasse ich noch eine unbedeutende Begebenheit aus meinem Urlaubsleben folgen.

Gern verbringe ich, wenn irgend möglich, einen Teil der unwirtlichen Jahreszeit im Norden der Kanareninsel Lanzarote. Dort, am Fuß des Famaragebirges in einer Strandsiedlung, lebt meine englische Freundin Tina Webster. Die Kreatur in der näheren Umgebung verdankt ihr viel. Die

Zahl der Tiere, die mit ihrer unermüdlichen, tätigen Hilfe kastriert und sterilisiert worden sind, hat die Hundert längst überschritten. Man darf daher mit Fug und Recht annehmen, daß niemand sich bei männlichen und weiblichen Vierbeinern so gut auskennt wie sie.

Indessen: Tina gibt sich nie als Expertin.

»Ich habe da noch einen Wurf weiter oben am Berg«, sagte sie letztes Mal, als ich mich wie immer erbot, eine Katze auf meine Kosten sterilisieren zu lassen und die nachfolgende Pflege zu übernehmen.

»Fein«, erwiderte ich, »gehen wir gleich hin und suchen uns eine aus.«

Es war ein glasklarer Tag. Über die schimmernde Wasserfläche hinweg konnte man auf dem Nachbarinselchen La Graciosa sogar die Sandhügel an den Küstenstränden erkennen.

Ich setzte meine Sonnenbrille auf und schulterte meine Einkaufstasche. Tina nahm einen Stoß Briefe mit zum Briefkasten. Gemächlich erklommen wir die nächsthöher gelegene Bungalowreihe, die größtenteils menschenleer unbewohnt im grünen Schatten exotischer Kakteengärten vor sich hin döste.

»Wie groß ist der Wurf?« wollte ich wissen.

»Es sind vier, im letzten Herbst geboren. Die Mutter hab' ich um Weihnachten herum sterilisieren lassen. Für die Jungen wird es jetzt allmählich Zeit. Ich glaube, es sind zwei Kater darunter, aber ich bin nicht sicher. Kannst du sie genau unterscheiden?«

»Aber ja«, entgegnete ich mit Festigkeit.

Tina atmete sichtlich auf.

»Hör mal«, wandte ich belustigt ein, »du kennst dich doch viel besser aus als ich!«

»O nein, nein!« wehrte sie lebhaft ab.

Die Tiere in Famara leben in Gemeinschaften, und sie achten die Grenzen des jeweiligen Terrains. Es ist daher leicht, sie zu finden. Unsere vier Kätzchen hockten auf einem besonnten Mäuerchen und vergnügten sich damit, lose Steinchen auf den Boden zu dribbeln. Sie waren auffallend bunt gemustert, neugierig und verspielt.

Ich schwang mich zu ihnen auf die Mauer, während Tina zum Briefkasten ging. Zehn Minuten später kam sie zurück.

»Hast du deine Wahl getroffen?« fragte sie.

Ja, das hatte ich. Es war ein allerliebstes kleines Ding mit schwarzer Stirn, weißen Pfötchen und rostbraunem Fellchen. »Ein hübsches Mädchen, nicht wahr?«

Das fand Tina auch. »Bist du sicher?« erkundigte sie sich vorsichtshalber.

»Absolut.«

Ich sprang von der Mauer, schulterte meine Tasche und folgte Tina zur Rezeption, wo sie den Tierarzt in Arrecife anrief und einen Termin für den nächsten Vormittag machte.

Dann wurden alle anderen Vorbereitungen getroffen. Mir oblag es, dem putzigen Katzenkind einen Namen zu geben, den Tina auf eines der Halsbändchen gravierte, die sie immer auf Vorrat in einer Schublade liegen hatte.

Der Name wurde mit dem Zusatz »Famara« versehen, zum Schutz vor Tierfängern, die gelegentlich am Strand auftauchten. Da die meisten der völlig ungezwungen lebenden Katzen sich ein Halsband nur sehr widerwillig anlegen lassen, wird es ihnen nach der Operation verpaßt, und ihm Laufe der Genesung haben sie sich daran gewöhnt. Für Tina ist es zudem eine willkommene Orientierungshilfe, anderenfalls könnte sie bei der großen Zahl manchmal den Überblick über naturbelassene und sterilisierte Tiere verlieren.

Da sie diejenige ist, die mit den Tieren täglich umgeht, suche ich immer Namen aus, die ihrer englischen Zunge keine Schwierigkeiten machen. Im Fall des interessant gemusterten Katzenmädchens entschied ich mich für den alten keltisch-englischen Namen Gwendolyn, was Tina herzlich freute.

Am Abend ging ich den Hang hinauf und klaubte Gwendolyn vom Mäuerchen, was sie erstaunt, aber nicht unwillig geschehen ließ. Raschen Schrittes trug ich sie zu meinem Bungalow, wo sie gefüttert wurde und das Wesentlichste in kurzer Zeit erforscht hatte: den Kühlschrank und das Sofa.

Später brachte mir Tina den kleinen Transportkorb, den wir öffneten und auf den Boden stellten, damit sich Gwendolyn schon vorab damit vertraut machen konnte.

Am nächsten Morgen waren wir beide schon reisefertig, als Tina mit dem Wagen vorfuhr. Gwendolyn in den Korb zu locken war erstaunlich leicht gewesen und kein Vergleich zu den schweißtreibenden Aktionen, die Tina und ich bei anderen Gelegenheiten erlebt hatten.

In der Tierarztpraxis des Doktor Martinez in Arrecife, der Hauptstadt der Insel Lanzarote, wurden wir bereits erwartet. Ein Mädchen ergriff den Korb mit Gwendolyn, der Doktor nahm das Halsbändchen entgegen. Ich sah mich verstohlen in der neuen, größeren, geradezu prächtigen Praxis um und folgte Tina hinaus in die Gassen der Stadt. Selbst die Sonderpreise, die Doktor Martinez für Tina machte, lagen in der Regel noch über den in meiner Heimat üblichen Tarifen. Kein Zweifel, für ihn zahlte sich das Verantwortungsbewußtsein der zugereisten Tierhalter zunehmend aus.

Tina holte alsdann ihre englischen Zeitungen in der Buchhandlung ab, und ich begab mich in den Laden, der mir am vertrautesten war, den ALDI. Anschließend tranken wir Kaffee in einem überfüllten Lokal und schlenderten die kleine Promenade entlang. Punkt elf betraten wir verabredungsgemäß die Praxis. Das Mädchen kam uns bereits lächelnd mit dem Korb entgegen. Der Doktor wedelte mit der Rechnung. Sie war um einiges niedriger als beim letzten Mal. Ich zahlte sie, angenehm überrascht, und steckte sie ein.

Erst als wir im Auto saßen, äußerte ich meine Verwunderung. Tina runzelte ungläubig die Stirn, stellte den Motor wieder ab und sagte: »Aber er hat aufgeschlagen, seitdem er in den neuen Praxisräumen ist!«

Ich kramte die Rechnung aus der Tasche, Tina setzte die Brille auf und studierte eingehend den spanischen Text. Gwendolyn im Korb begann sich bereits zu regen. Ein gewisser penetranter Geruch stieg auf.

Tina kurbelte mechanisch das Fenster herunter, lächelte mich verzeihend an und sagte: »Es hat alles seine Richtigkeit, Jill. Der Doktor hat dir keine Sterilisation berechnet, sondern eine Kastration. Dafür nimmt er ein Drittel weniger. Mach dir nichts draus!«

Mir fehlten die Worte.

Zu Hause angekommen, machte sich Tina sofort ans Werk. Sie beschriftete ein weiteres Halsbändchen und legte es dem taumelnd aus dem Korb krabbelnden Patienten unverzüglich an.

Von Stund an hieß er Mikado.

3. KAPITEL

Nina setzt sich durch

»Katzen kann man allein halten.
Sie vermissen nichts, brauchen kaum Gesell-
schaft und sind sich selbst genug.«

Diesem fundamentalen Irrtum, dem sich ganze
Scharen von Katzen hilflos ausgeliefert sehen,
trat eine laut und vernehmlich entgegen:
Nina, unscheinbar, tarnfarben, einem Frettchen
ähnlicher als einer Katze.
Im Namen all derer, die sich selbst genügen,
ist ihr erfolgreich verlaufener Protest hier auf-
gezeichnet worden.

Eine Katze kann man ohne weiteres allein halten.«
Zu dieser kühnen Behauptung, die ich in Ratgeberspalten immer wieder aufgezeichnet finde, wenn es darum geht, berufstätigen Singles ihr unpersönliches Einzimmer-Appartement kuscheliger zu gestalten, habe ich gleich zwei bohrende Zusatzfragen.

Erstens: WELCHE Katze?

Zweitens: WIE allein?

Auf die Antworten komme ich am Ende des Kapitels ausführlich zurück. Auch mir sind sie nicht im Schlaf eingefallen. Nichts von dem, das ich hier und anderswo niederschreibe, habe ich mir in stillen Stunden ausgedacht. Alles ist erlebt, erfahren, erlitten, und darum, so hoffe ich, wird man mir glauben.

Also:

Simons Auszug aus dem Elternhaus erfolgte, als er achtzehn Jahre alt war, und zwar unter Zurücklassung einer Bibliothek von circa tausendfünfhundert Büchern, die meisten davon über Pferde, Selbstversorgung, Perma-Kultur, Überlebenstraining und Ähnliches sowie eine Sammlung Heubündel-Schnüre, Sattelzeug, Zaumzeug, Führleinen und Lederpflegemittel.

Statt nach Australien, dem langjährigen Ziel seiner Wünsche, zog er ins nahe gelegene Wisburg, um in einem Altenpflegeheim seinen Zivildienst zu leisten.

Um diese Zeit gab sein vom Verfall bedrohtes Auto endgültig den Geist auf, und an ein neues war nicht zu denken, nicht einmal an ein neues altes.

Was Simon jedoch stärker belastete als der Verlust des ausgedienten Renault war die Tatsache, daß er sich zum ersten Mal seit vielen Jahren ohne Pferd sah, ohne Hund, ohne Katze, ohne die vertrauten Geräusche, Gerüche und Handgriffe. Wahrscheinlich fehlten ihm auch die damit verbundenen Freuden und Sorgen.

Unweit seiner Arbeitsstelle teilte er sich eine Souterrainwohnung mit zwei Kollegen. Solange darin gestrichen und tapeziert und gebrauchtes Mobilar aufgemotzt wurde, hielt sich der Frust in Grenzen. Danach jedoch nahm er überhand. Simon, der fruchtlosen Diskussionen am liebsten aus dem Weg geht, verhandelte endlos mit den Vermietern zwecks Haltung einer Katze. Nach drei Monaten hatte er sie weichgeklopft.

Zusammen mit einem Freund begab er sich zum Tierschutzverein nach Trier, wo von einem Herbstwurf ein unansehnliches Etwas übriggeblieben war.

»Keiner wollte es haben«, erzählte mir Simon am Telefon, »es ist ein weibliches Tier, fast fünf Monate alt.«

Er nannte es Nina.

In Anbetracht ihrer Jugend bekam Nina ein Bällchen zum Spielen, dazu natürlich ein stets frisch und sauber gehaltenes Katzenklo, abwechslungsreiches Futter und nach einer Woche schon den ersten Auslauf.

Sie höre bereits auf ihren Namen und sei überhaupt sehr gelehrig, erzählte mir Simon am Telefon, wobei man ihn akkustisch kaum verstehen konnte, der Apparat stand in der Diele, irgendwo lief das Radio, und in der Gemeinschaftsküche wurde lautstark hantiert. Aber alle diese Hintergrundgeräusche wurden übertönt von jämmerlichem Katzengeschrei.

»Was um Gottes willen ist mit Nina los?« fragte ich irritiert.

»Sie will nicht, daß ich telefoniere«, gab Simon belustigt zurück, »ich soll mich ihr widmen.«

»Dann tu das«, sagte ich, »schließlich war sie den ganzen Tag allein.«

Am darauf folgenden Wochenende kaufte er eine rote Plastik-Transporttasche mit Guckfenster, setzte Nina hinein und brachte sie mit zu uns.

Vorsichtshalber hatte ich ihr Simons Zimmer im oberen Stockwerk reserviert. Um kein Risiko einzugehen, hielt ich an jenem Tag das ganze Haus hermetisch verschlossen. Simon tat mir den Gefallen, mit der Tasche sofort die Treppe hinauf zu steigen, obwohl er diese Maßnahme für übertrieben hielt.

Ich konnte nicht umhin, ihn auf zwei Hunde hinzuweisen, an die Nina nicht gewöhnt war. Auch wußte man nicht, wie unsere vier Katzen reagieren würden, deren eine, Miß Lucie, bereits hoch betagt und mit den Zeiten ausgesprochen ungesellig geworden war.

In Simons Zimmer angekommen schloß ich erst Fenster und Tür, bevor ich ihn die Transporttasche öffnen ließ. Heraus schlängelte sich ein mageres Tier, einem Frettchen ähnlicher als einer Katze, mit kleinem spitzen Gesicht, erdgrauem Fell und gelblichem Schimmer um die Schnauze. Es entbehrte jeder Ausstrahlung und jeder Lieblichkeit. Mit zitternd erhobenem Schweif durchforschte es alle Winkel und Ecken, um schließlich mit verzweifelter Inbrunst die Tür anzukratzen. Dabei stieß es markerschütternde Jammerlaute aus, die mich zusammenzucken ließen. Ich hatte dergleichen noch nie gehört.

»Simon«, stammelte ich verstört, »dem Tier fehlt etwas! Es sieht armselig aus —«

Simon hob bekümmert die Schultern und versicherte mir mit gesenkter Stimme, er kaufe ihr jeden Tag etwas Besonderes, aber sie habe von Anfang an schlecht gefressen.

Wir hockten uns beide auf den Boden und streichelten Nina abwechselnd, was sie sich gern gefallen ließ, ohne sich jedoch von dem Bestreben ablenken zu lassen, die Tür zu öffnen und uns zu entwischen.

Ich kam mir vor wie ein Kerkermeister, als ich etwas später mit Simon die Treppe hinunter ging und Nina oben wimmern hörte wie ein Kind.

Es war früher Abend geworden, und ich rührte das Futter für unsere Meute, wobei ich weder sehr wählerisch verfahren konnte noch sehr pur. Das heißt, ich mischte kräftig Haferflocken unter Essensreste und Dosenfutter. Simon sah mir wehmütig zu. Er hatte für Nina ein Fischdöschen mitgebracht, das ich vorerst beiseite stellte.

»Wenn sie ohnehin nur einen Klecks zu sich nimmt«, meinte ich, »lohnt es sich doch gar nicht erst, die Dose aufzumachen.«

»Aber dein Futter rührt sie doch bestimmt nicht an«, gab Simon zu bedenken, und weil wir uns nicht einigen konnten, überhörten wir Friederikes Heimkommen. Sie sah die rote Transporttasche im Flur stehen und stürmte sofort die Treppe hinauf, um Nina zu sehen.

Aber viel sah sie nicht, denn kaum drückte sie die Klinke nieder, schlängelte sich ein grauer Schatten an ihr vorbei, huschte die Stufen hinunter und gesellte sich unauffällig zu der wartenden Schar, die sich vor der Küche versammelt hatte.

Damit waren vollendete Tatsachen geschaffen.

Die einzige Konzession, die ich an Nina machen konnte, bestand darin, ihren Napf auf die Fensterbank zu stellen, wo er ihr wenigstens eine Zeitlang sicher sein würde.

Als Nelly, unsere unermüdlichste und schnellste Esserin sich suchend hinaufschwang, kam sie zu spät. Nina hatte keine Zeit verloren. Der Napf war leer.

In gebührendem Abstand folgte sie Nelly auf den Boden und verlor sich, ein unbemerkter, grauer Schatten in der Schar der andern, die sie arglos und unbeeindruckt zur Kenntnis nahmen. Die Hunde interessierten sie nicht. Es gab kein Gefauche, kein Geknurre, keine langsame Annäherung.

Es war, als sei Nina immer schon dagewesen.

Wir fühlten uns erleichtert, um nicht zu sagen überschwenglich. Die Entwicklung der Dinge berechtigte zu den schönsten Hoffnungen und schien uns ein gutes Zeichen für die Zukunft.

Als wir Simon und Nina Sonntag nachmittag an den Zug begleiteten, der sie beide wieder nach Wisburg bringen sollte, waren wir heiter und gelöst.

Leider hatten wir uns zu früh gefreut.

Die nächsten Telefongespräche mit Simon waren wieder übertönt vom herzzerreißenden Jammer seiner Katze, deren Eßgewohnheiten mehr denn je Grund zur Besorgnis boten.

Simon kaufte Rinderhackfleisch, servierte es roh und gebraten, verquirlte Eier in warmer Milch und berichtete bedrückt, daß Nina ihr immer spitzer werdendes Schnäuzchen schwach überm Napf kreisen lasse, um sich angewidert abzuwenden.

Zwei Wochen später brachte er sie wieder mit zu uns.

Diesmal kam er mit dem Wagen eines Freundes, was die Fahrt sehr verkürzte, und er hatte drei Tage frei.

Nina entsprang der Transporttasche, kaum, daß er sie im Hausflur abgesetzt und geöffnet hatte und entwischte wieselflink hinaus in den Garten. Mir war nicht wohl dabei, aber Simon beruhigte mich damit, daß sie in Wisburg ja auch regelmäßig Auslauf habe und nach kurzer Zeit wieder zurückkomme.

Er sollte recht behalten.

Nach zehn Minuten erschien sie auf der äußeren Fensterbank und wünschte, hineingelassen zu werden. Den Rest des Tages verbrachte sie auf der Küchenbank und beobachtete aufmerksam alles, was mit der Essenszubereitung zu tun hatte. Ihr Schüsselchen am Abend leerte sie mit atemberaubender Geschwindigkeit, und zum Trockenfutter am nächsten Morgen nahm sie dankbar die bei uns übliche verdünnte Milch zu sich. Anschließend erklomm sie unsere Bäume, aalte sich im Sand vor der Haustür in der Maisonne, ließ sich schnurrend von Friederike ausbürsten und streicheln, tauchte auf und verschwand und war immer zur Stelle, sobald man sie rief. Nachts strich sie durchs Haus und ließ sich mal hier, mal dort nieder, vornehmlich in der Nähe unserer Katzen.

Es gab keine Probleme während dieser drei Tage, aber wir wagten keine Prognosen mehr aufzustellen für die Zukunft.

Als Simon seine Sachen gepackt hatte und Nina wieder in die Tragetasche hob, waren unsere Herzen schwer.

»Sie ist bei dir zu viel allein«, murmelte Friederike.

»Ich tue, was ich kann«, fuhr Simon auf, »sobald ich eine Freistunde habe, hetze ich nach Haus; und frag nicht, wie oft ich Verabredungen für abends absage, nur weil ich sie schon den ganzen Tag allein gelassen habe!«

»Ich glaub' dir ja«, sagte Friederike besänftigend.

Der Mai verging. Nina wurde tierärztlich untersucht, sterilisiert, gepäppelt und erst im Juni wieder mitgebracht. Fotos aus jener Zeit zeigen, daß wir uns meistens draußen aufhielten. Im runden Korbsessel am Gartenzaun sitzend, schälte ich Kartoffeln, im Hintergrund flatterte die Wäsche, und auf dem Gartentisch schmolz das Eis in den Gläsern.

Wir hatten Besuch aus Mittelamerika, dem wir stolz und glücklich einen strahlend blauen Sommerhimmel präsentieren konnten statt des sonst üblichen Kälteeinbruchs mit Graupelschauern.

Simon verbrachte ein paar Tage mit uns, um danach in Urlaub zu fahren. Er hatte sich auf einem kleinen Reiterhof in den toskanischen Bergen angemeldet, nachdem Ninas Verbleib für diese zwei Wochen geklärt war.

Das heißt, zu klären gab es eigentlich nichts, denn natürlich stand von vornherein fest, daß Nina diese Ferien bei uns verbringen würde.

Sie entschlüpfte der Transporttasche, schüttelte ihr farbloses Fellchen, ließ den Frettchenkopf unter Friederikes streichelnder Hand kreisen und gab kleine, gurrende Vogellaute von sich.

Unvorstellbar, daß dieses zarte Stimmchen dem gleichen Tier gehörte, das gestern abend noch mit markerschütterndem Geschrei jede telefonische Unterhaltung zwischen uns und Simon unterbunden hatte.

Sie sah indessen noch armseliger aus als vorher, was wir auf die Sterilisation schoben, und ich mußte Friederike bremsen, die sofort eine Mastkur plante. Nach einigem Hin und Her beschlossen wir, sie genau so zu halten wie unsere vier Katzen, ihr jedoch etwas mehr Aufmerksamkeit zu widmen.

Aber Nina im Auge zu behalten, war nicht möglich.

In noch weit größerem Maße als unsere Tiere besaß sie die Fähigkeit, spurlos zu verschwinden. Sie wurde zu Straßenstaub, zur Ackerfurche, zur Grasnabe, je nach Bedarf und Umfeld. Sie verschmolz mit Grenzsteinen und Wegekreuzen, sie wurde eins mit altersgrauen Zaunpfählen. Im Vergleich zu ihr wurde ein Chamäleon zum schillernden Geschöpf. Trotzdem war sie immer in der Nähe.

Saß ich auf der Bank vorm Haus, rieb sie unversehens verstohlen ihren Kopf an meinen Knöcheln. Goß man die Blumenkästen, tauchte plötzlich ihr spitzes Gesichtchen zwischen den Fuchsien auf. Gingen wir mit den Hunden spazieren, erklang irgendwann ihr Vogelstimmchen im hohen Gras des Wiesenhanges, und munter hüpfte sie uns voraus auf dem Weg nach Haus.

»Siehst du, wie sie ihre Ferien genießt!« murmelte Friederike von Zeit zu Zeit mit wehmütigem Unterton. Ich seufzte: »Ach ja!« Näher wagten wir uns an dieses heikle Thema nicht heran.

Simon hatte uns mehrfach zu verstehen gegeben, daß er bei seiner Katze ebensowenig Einmischung dulde wie früher bei seinen Ponies, und da sich dies mit unserer eigenen Grundeinstellung deckte, konnten wir nicht gut daran rütteln. Aber wir hatten nichts dagegen, daß Simon seinen Urlaub um zwei Tage überzog.

Er kam in allerletzter Minute vor Dienstbeginn, warf seinen Seesack ins Bad, packte wahllos saubere Sachen zusammen und ging auf meinen beiläufigen Vorschlag, Nina bis zum nächsten Wochenende noch bei uns zu lassen, sichtlich erleichtert ein. In Zeitnot, wie er war, hätte er sie nur rasch in seine Wohnung bringen können, um sofort wieder zu verschwinden. Wir brauchten uns nicht darüber auszulassen. Er sah selbst ein, daß es grausam gewesen wäre.

Während der nächsten Tage gestanden Friederike und ich uns gegenseitig ein, wie sehr uns Nina fehlen würde. Wir beschlossen, Simon gegenüber ganz offen zu sein und ihm Ninas glückliches Leben im Kreise von Katzen, Hunden und stets anwesenden Menschen eindringlich vor Augen zu führen. Die letzte Entscheidung jedoch konnte und wollte ihm niemand abnehmen. Sie lag allein bei ihm.

Dachten wir.

Aber das war ein Trugschluß

Die letzte Entscheidung traf Nina.

Sonntag nachmittags, als zwei Freunde vor unserer Haustür parkten, um Simon nach Wisburg abzuholen, war Nina verschwunden. Im Flur stand mit geöffnetem Reißverschluß die rote Transporttasche. Fahrig und ratlos durchstreifte mein Sohn Haus und Garten.

Aber Nina, die stets kam, wenn man sie rief, die sich nie weiter als einen Steinwurf entfernte, Nina war nicht da.

»Ihr habt sie doch nicht versteckt?« fragte Simon mißtrauisch.

»So was täten wir nie«, verwahrte sich Friederike gekränkt.

Die Freunde drängten zur Abfahrt.

Um sieben Uhr wollten sie alle zusammen Pizza essen und danach ins Kino gehen.

Halbherzig versuchte ich sie aufzuhalten und bot ihnen Kaffee und Kuchen an, aber sie lehnten freundlich und bestimmt ab. Sie wollten losfahren, sonst nichts.

»Reisende soll man nicht halten«, dachte ich erleichtert und schob sie zur Tür hinaus. Simon folgte ihnen zögernd.

Noch als er sich angurtete, blickte er sich suchend nach allen Seiten um.

Wir winkten dem Wagen fröhlich nach, Friederike und ich, gingen ins Haus, stellten die rote Transporttasche in den Keller, gossen uns Kaffee ein, schnitten tüchtig Kuchen auf, öffneten das Küchenfenster und warteten auf Nina.

Aber sie war schon da.

Lautlos schlängelte sie sich unter der Küchenbank hevor, hangelte sich auf das Kissen neben Friederike, gab ihre seltsamen Vogellaute von sich und zwinkerte uns aus gelblich getönten Augen vergnügt zu. Ich wage zu behaupten, ihr spitzes Gesichtchen war von einem Lächeln verklärt.

Wir erzählten es Simon später, und er glaubte uns. Widerstandslos akzeptierte er Ninas Entschluß, der ja nichts weiter bedeutete, als einen vernünftigen Vorgriff auf die Zukunft. Denn wo wäre sie nach Ableistung seines Zivildienstes geblieben?

Bei uns natürlich, und bei uns ist sie heute noch.

Von allen Tieren, die ich jemals beherbergt habe, ist Nina das unkomplizierteste. Sie hat noch nie eine Mahlzeit verweigert. Selbst während des Katzenschnupfens, der die andern appetitlos machte, langte sie tapfer zu und war als erste über den Berg.

In den nunmehr sechs Jahren unseres harmonischen Zusammenlebens hat sie außer den freundlichen Vogellauten keinen Ton von sich gegeben, und ich mußte beim Schreiben dieses Kapitels mein Gedächtnis stark strapazieren, um mir jenes Jammergeschrei zurückzurufen, das uns alle so verstörte.

Damit komme ich zu meinen eingangs gestellten Fragen zurück.

Welche Katze kann man allein halten?

Es gibt zweifellos Einzelgänger unter ihnen, aber sie bilden sich erst im Lauf der Zeit heraus. Und gerade diese Einzelgänger – wie meine Miß Lucie und meine Lara – sind nur ihren Artgenossen gegenüber ablehnend. Dem Menschen sind sie viel stärker verbunden als die Gruppen-Tiere.

Gemeinschaft brauchen sie alle, ausnahmslos.

Wie allein kann man eine Katze halten?

Keinesfalls ganz allein. Wer ihr kein geregeltes häusliches Leben und keine Gesellschaft bieten kann, weder die eigene noch die eines Artgenossen, der sollte sich den Wunsch nach einer Katze versagen. Das gilt für jeden, der tagsüber abwesend ist und abends gern ausgeht, ebenso wie für alle Leute, die viel unterwegs sind.

Denn keine Katze ist sich selbst genug.

4. KAPITEL

Nelly macht sich breit

Mancher Katzen Wege sind unerforschlich.
Aber hin und wieder kommt man ihnen doch
auf die Spur.

Es geht mir beim Schreiben nicht anders als im Leben, schon deshalb, weil beides miteinander verkoppelt sozusagen auf der gleichen Schiene läuft.

Wie immer, wenn ich mich nachhaltig und ausschließlich mit ihrer Konkurrenz befasse, fordert unsere Katze Nelly energisch die ihr gebührende Aufmerksamkeit.

Das heißt im Leben, daß ich sie aus einem Küchenschrankfach zu entfernen habe, wo sie ärgerlich Topfdeckel abhebt, auf der vergeblichen Suche nach eßbaren Inhalten.

Beim Schreiben muß ich dagegen wieder einmal weit zurückgreifen bis in die Mitte der achtziger Jahre, als im Fernsehen die Serie »Unsere kleine Farm« lief.

Eine der tragenden Rollen war die der Nelly Olsen, eines verwöhnten Kindes mit auffallend mädchenhaftem Getue, das sich stets in den Vordergrund spielte.

Folgen, in denen Nelly Olsen nicht auftrat, entbehrten einer gewissen Würze, denn nur Tüchtige unter Tüchtigen und Strebsame unter Strebsamen wirken leicht ein wenig farblos. Den wahren Glanz erhält auch der Edle erst durch den zwielichtigen Gegenspieler.

»Unsere kleine Farm« erfreute sich allgemeiner Beliebtheit. Friederike versäumte kaum je eine Folge, oft fand sich auch Simon dazu ein, und sogar ich verfolgte sporadisch das Geschehen.

Um diese Zeit kam unsere Emily mit fünf Jungen nieder, die ganz gegen unsere Gewohnheit lange namenlos blieben.

Beim ersten Wurf sind schon vier Junge eine reife Leistung für die oft selber erst Monate zählende Katzenmutter.

Mit dreien hatten wir gerechnet. Mit fünfen war Emily nach einer lebensgefährlich schweren Geburt bei weitem überfordert. Unsere Sorge und Zuwendung galten daher hauptsächlich ihr. Die Kleinen, fünf erstaunlich kräftige, vitale Kerle, begannen noch blind bereits herumzukriechen. Wir zählten sie alle paar Stunden durch und fütterten nach einer Woche bereits zu, nicht nur, um sie satt zu kriegen, sondern auch, um Emily zu schonen, die sich der rücksichtslosen kleinen Meute kaum erwehren konnte.

Alle fünf gingen auf wie Hefeklöße, und als sie zehn Wochen alt waren, erbot sich unser Tierarzt, drei von ihnen zu vermitteln.

Zwei behielten wir.

Eines davon erinnerte in gewisser Weise an jene Nelly Olsen. Es sah aus, als trüge es einen weißen Spitzenkragen, schüttelte nicht ohne Koketterie ständig sein graues Fellröckchen, nervte seine unendlich geduldige Mutter mit stetem Gequengel, rupfte und zupfte unsere nachsichtigen Hunde und uns dauernd zwischen den Füßen.

Friederike fand, wir sollten es Nelly nennen, und so heißt es denn auch seitdem.

Zu den im vorigen Kapitel erwähnten Einzelgängern hätte Nelly schon deshalb nie gehören können, weil sie Emilys geliebtes und gehätscheltes Kind war und blieb.

Emilys Freunde waren ihre Freunde, und wen Emily nicht mochte, der bekam es ungleich heftiger mit Nelly zu tun.

Menschen gegenüber zeigte sie sich stets von kritikloser Anhänglichkeit, die an Aufdringlichkeit grenzte, und wer sich bei uns niederließ, hatte Nelly auf dem Schoß, ob es ihm paßte oder nicht.

Besuch ist bei uns an der Tagesordnung, obwohl keines unserer diversen Eifeldomizile einen zeitgemäßen Standard je erreicht hätte. Es mangelt bis heute am repräsentativen Element, weder Haus noch Garten sind vorführbar im stolzen Sinne, und meistens drängt sich alles in der Küche.

Was wir jedoch immer vermeiden konnten, war enge Nachbarschaft, und was unser Leben vergleichsweise so friedlich macht, ist die Abseitslage.

Rechtfertigungen wegen unbotmäßig wuchernden Unkräutern, nächtlichem Hundegebell und toten Mäusen vor anderer Leute Haustüren sind mir auf diese Art erspart geblieben. In Diskussionen über Kindererziehung und Tierhaltung brauchte ich mich nicht zu verstricken, und da ich mich etliche Stunden am Tag scharf konzentrieren muß, war ich stets dankbar dafür.

Hier muß allerdings vermerkt werden, daß die Abseitslage, wie alles im Leben, auch eine Kehrseite hat. Das wird einem spätestens dann klar, wenn man bei minus zehn Grad im Schneegestöber gebeugt unter der Last seiner Einkäufe heimwärts taumelt – vier oder fünf Kilometer bergauf. Denn das Auto, falls man eines besitzt, ist gerade in der Werkstatt oder der Sohn ist damit unterwegs oder der TÜV in seiner unerforschlichen Weisheit hat sich geweigert, es noch einmal durchgehen zu lassen. Mein Vertrauen in alles was Räder, einen Motor und wenig gekostet hat, ist rapide gesunken und ein viel zu selten erörtertes Thema im Rahmen der Zeitkritik.

Auf dem Land zu leben ohne Fahrzeug ist nicht ganz einfach, weil Bahn- und Buslinien sinnigerweise parallel zu den dörflichen Einkaufsquellen ganz erheblich geschrumpft sind.

Als ich mich einmal erkühnte, für die Erhaltung einer Bahnstation einzutreten in einem Dorf, dessen Infrastruktur nur noch aus einem Briefkasten und einem Zigarettenautomaten bestand, erwiderte mir der zuständige Kommunalpolitiker in erschütternder Offenheit, die Bahn werde ohnehin nur noch von sozialen Absteigern benutzt, für deren Transport man sich nicht einzusetzen gedenke.

Ich wußte nun, wofür ich mich zu halten hatte und sah von da an den Zug achtzehnmal am Tag durch unser Dorf rollen, ohne ein einziges Mal am eigens ausgebauten kleinen Bahnhof anzuhalten.

Aber all dies hat mich nicht dazu veranlassen können, mein Konzept zu ändern. Ich blieb dem Abseits treu, zumal sich die Zahl unserer Tiere wieder vermehrt hatte und keines über Einsamkeit zu klagen brauchte, im Gegenteil.

Zwar war Emilys liebenswerter Bruder Pandit dem Verkehr zum Opfer gefallen und unser Speed kurz zuvor an einer unheimlichen Krankheit gestorben.

Seine Schwester Jüli jedoch, Panther im Taschenformat, schwingt sich heute noch täglich ins Dachgebälk, und als Nelly heranwuchs, war außer ihrer Mutter Emily auch noch Miß Lucie da, alt und gebrechlich zwar und an kindlichen Späßen denkbar uninteressiert, aber immerhin: Sie war eine Katze. Ständig verfügbar waren dazu Torro, unser schwarzer Flederwisch, und Bonnie, unsere rührende Collie-Hündin. Gesellschaft genug für Nelly, hätte man annehmen können. Sie jedoch war anderer Ansicht.

Zum großen Kummer ihrer Mutter, die ihr anfangs noch besorgt nachlief, begann Nelly sich dem Dorf mit seinen verschiedenen Katzenhierarchien zu nähern.

Nach dem Muster der Bewohner teilten sich auch die Katzen in zwei Lager, nämlich in die des Oberdorfes und die des Unterdorfes.

Denen des Unterdorfes stand ein strammer, alter, kampferprobter rot-weißer Kater vor. Das Oberdorf wurde durch einen vergleichsweise mickrigen Grauen vertreten, der noch dazu schielte. Jeder der beiden hatte sein Katzen-Grüppchen um sich geschart, das einander, wenn möglich, aus dem Weg ging. Ähnlich verhielten sich auch die Dörfler selbst, was um so seltsamer anmutet, als das ganze Dorf nur aus einer Handvoll Häuser besteht.

Wir gehörten, wenn auch durch eine wunscherschöne Talwiese getrennt, zum Unterdorf. Der prächtige Rot-Weiße pirschte sich durchs wogende hohe Gras und verharrte regungslos unweit des Zauns, sobald unsere Hunde anschlugen.

Sofort zeigte sich Nelly auf der Fensterbank, wo sie eine Weile sinnend sitzen blieb.

Dann sprang sie hurtig auf den Gartenweg und schlüpfte durch den Jägerzaun. Haken schlagend wie ein junger Hase näherte sie sich dem Rot-Weißen, und mit ihm zusammen tauchte sie alsbald im Meer der sanft rauschenden Gräser unter.

Sie war zu dieser Zeit noch kein halbes Jahr alt, aber wir ließen sie vorsichtshalber sterilisieren, was ihrer Vorliebe für Geselligkeit keinen Abbruch tat. Auch hielt es den Rot-Weißen nicht davon ab, ihr weiterhin auf halbem Weg entgegenzukommen.

Nelly, so durfte man annehmen, hatte sich dem Herrn des Unterdorfes angeschlossen, was nahelag und den ungeschriebenen Gesetzen entsprach.

Solange der Sommer währte, absentierte sie sich tage- und nächtelang, was mich nervös machte und mich bei jedem scharf bremsenden Auto zusammenzucken ließ.

Unsere alten Katzen hatten diese Gewohnheit längst aufgegeben, und weder Emily noch die inzwischen zu uns ge-

stoßene Nina entfernten sich über einen längeren Zeitraum. Nur Nelly, das Nesthäkchen, lebte die ihr zu Gebote stehende ländliche Freiheit in vollen Zügen aus, und zwar in einem Maße, das sämtliche Dorfkatzen verwirrt, wenn nicht gar entsetzt haben muß.

Es kam der Tag, da der rot-weiße Kater geduckt im Gras hockte und seinen schmalen Pupillen nicht traute, während Nelly in Begleitung des schielenden Grauen den Straßenrand entlang tänzelte. Der Graue, dem man solchen Wagemut nie zugetraut hätte, floh vor unseren Hunden nur auf den Deckel des Mülleimers, wo er geduldig wartete, bis Nelly ihr Abendessen verschlungen hatte und wieder ausgehbereit war. Sie nahm sich kaum die Zeit, ihre Pfoten zu säubern, fuhr sich rasch und nachlässig übers Gesicht und war schon wieder draußen.

Rücken neben Rücken entfernte sie sich mit dem Grauen die Straße hinauf, indes der Rot-Weiße mit gesenktem Kopf die Gräser teilte und sich in Richtung seiner Behausung trollte.

Nachdem sie so alle Regeln der dörflichen Katzengemeinschaft gebrochen hatte, wähnten wir Nelly fortan im Oberdorf, wo der Graue mit seinem Harem in Stall und Scheune lebte und gemeinsam mit den Hühnern im Hof gefüttert wurde.

Beim ersten Kälteeinbruch im November, der über Nacht erfolgte und all meine Kübelpflanzen dahinraffte, rechneten wir fest mit Nellys Rückzug an den heimischen Herd, die heimischen Kissen und die heimischen Heizkörper.

Aber wieder einmal hatten wir uns geirrt.

Sie kam im Galopp um die Essenszeit, bediente sich reichlich, ließ sich wohl auch von Emily liebevoll striegeln und den runden Kopf unter unseren streichelnden Händen freudig bewegt kreisen, schüttelte ihr weißes Kragenfell und verhehlte uns nicht die Aufbruchstimmung, in der sie sich schon wieder befand.

Kurz danach war das Polster leer, auf dem sie vorübergehend geruht hatte, Emily starrte bekümmert zum Fenster hinaus, und in der Ferne verschwand Nellys füllige, kleine Gestalt eilig in der sinkenden Dämmerung.

Je weiter der Winter fortschritt, um so seltener sah man fremde Katzen. Sie alle blieben wohlweislich unterm schützenden Dach in der wohligen Wärme der Kuhställe, und auch unsere Tiere räkelten sich schläfrig, blinzelten gelegentlich verträumt und rollten sich wieder zusammen.

Nelly fehlte, außer zu den Mahlzeiten.

Wir begannen, rufend die Straße entlang zu laufen. Zwar brachte jener Winter keine Schneeflocke, aber Stürme jagten durchs Tal, wühlten in den Baumkronen und ließen schwere Äste krachend niederstürzen.

Jedesmal, wenn wir die Hunde ausführten, hielten wir unter aufgestülpten Kapuzen Ausschau nach Nelly.

Manchmal kam sie uns beglückt entgegen, strich unter den gesenkten Schnauzen der Hunde entlang, fuhr Torro mit der Pfote spielerisch durch seinen schwarzen Zottelbart, was er gar nicht schätzte, und ging mit uns nach Haus.

Oft sahen wir sie überhaupt nicht.

Ich fragte mich ernsthaft, wo sie ihre Zeit verbrachte, zumal ich sie bei meinen Gängen ins Oberdorf im Hof des schielenden Grauen noch nie gesichtet hatte.

An einem frühen Frühlingstag, als die Büsche am Straßenrand sich zart zu begrünen begannen und im Tal die letzten kleinen Seen des Hochwassers versickerten, als der Milan mit ausgebreiteten Schwingen auf seinem angestammten Zaunpfahl landete und die ersten Traktoren über die versumpften Feldwege tuckerten, machte ich mich auf den Weg zur Bushaltestelle. Auf halbem Weg sprach mich Herr Windmöller an, dessen Haus das Unterdorf abschließt und dem unseren daher verhältnismäßig nahelag.

Ob ich vielleicht, fragte Herr Windmöller vorsichtig, eine Katze habe, grau, mit viel Weiß um den Hals.

Ich sagte ja, es sei unsere Jüngste und ein recht aushäusiges Tier.

Das könne man wohl behaupten, bestätige Herr Windmöller mit hörbarem Grimm in der altersschwachen Stimme. Er seinerseits habe nämlich seit November vorigen Jahres einen kleinen schwarzweißen Kater, der von ihm und seiner Frau gut gehalten werde, nicht so nachlässig wie die Katzen der Bauern weiter oben. Er machte eine abschätzige Kopfbewegung in Richtung Oberdorf.

Ich wisse, was er meine, versicherte ich ihm, aber weiter kam ich nicht.

Sein kleiner Kater, erklärte Herr Windmöller, sei leider nicht immer drinnen zu halten. Er kratze so lange an der Haustür, bis man ihn hinauslasse.

Ich nickte verständnisinnig, sah verstohlen auf die Uhr und wollte mich verabschieden.

Herr Windmöller ignorierte meine Eile.

Abends, fuhr er unbeirrt fort, müßten sie dem Kater die Tür öffnen und ihn hinauslassen. Da sie aber früh schlafen gingen, seine Frau und er, machten sie sich Sorgen um seinen Verbleib, weshalb sie ihm im Holzschuppen ein warmes Lager bereitet und ihm vorsorglich etwas Futter hingestellt hätten. Ich fand das sehr warmherzig von den Windmöllers, und während ich meiner Anerkennung Ausdruck gab, dämmerte mir plötzlich, warum ich hier festgenagelt wurde.

Herr Windmöller ging dann auch endlich zur Anklage

über, die da lautete: Sein kleiner schwarz-weißer Kater sei nie in den Genuß des warmen Lagers, geschweige denn des Futters gekommen. Eine dicke graue Katze mit viel Weiß um den Hals verbarrikadiere sich dort jeden Abend und lasse den Kleinen nicht in die Nähe gelangen.

Die Katze sei sehr dreist und einfach nicht zu verjagen, und die ganze Zeit habe er, Windmöller, mich schon mal fragen wollen, ob das eine von meinen sei.

Es blieb mir nichts anderes übrig, als dies nachdrücklich und zerknirscht immer wieder zu bejahen, ungeachtet der Zeitnot, in der ich mich inzwischen befand. Mich hastig davonzumachen hätte nach feiger Fahnenflucht ausgesehen und kam daher nicht in Frage.

Stammelnd gab ich zu Protokoll, daß auch wir unsere Katzen stets mit allem versorgten, was sie brauchten, und mit einigem darüber hinaus, so daß keine es nötig habe, sich anderswo durchzufuttern.

Ich gewann den Eindruck, daß Windmöller mir glaubte, aber er bestand wortreich und umständlich darauf, daß ich Nelly künftig von seinem Haus, seinem Schuppen und seinem Kater fernhalten möge.

Da ich den Bus verpaßte, hatte ich reichlich Zeit, in mich zu gehen und über die Lösung dieses Problems nachzudenken. Es hatte sich mir bisher nie gestellt.

Einen Hund zu kontrollieren ist immerhin möglich, auch wenn es sich, wie im Fall meines Streuners Torro, leicht zur Vollbeschäftigung auswächst. Unzählige Stunden meines Lebens habe ich auf der Suche nach ihm verbracht, und wenn nicht auf der Suche, weil ich ihn im gestreckten Galopp davonpreschen sah, so doch auf der Jagd nach ihm. Und wie viele Stunden in Friederikes Leben waren mit der nämlichen Beschäftigung ausgefüllt gewesen!

Trotzdem kann man von Kontrolle sprechen, selbst bei Torro, den man eben notfalls nicht von der Leine läßt.

Bei einer Katze sieht alles ganz anders aus. Ich hatte sie nie eingesperrt, und ich konnte mir nicht vorstellen, daß Nelly sich einsperren ließe. Zweifellos würde sie mit äußerstem Unwillen reagieren, die Tapeten zerfetzen, die Möbel ruinieren.

»Was tun?« fragte ich mich ratlos, an den Büschen entlang und am Milan vorbeigehend, der immer noch auf seinem Zaunpfahl hockte.

»Du hättest den Rot-Weißen haben können«, sagte ich bitter zu Nelly, die mir ausnahmsweise vor meiner eigenen Haustür laut entgegenschnurrte, »oder meinetwegen den schielenden Grauen. Statt dessen machst du dich an den Kleinen heran und verdrängst ihn von seinem Futterplatz! Man sollte es nicht für möglich halten!«

Kaum daß ich die Haustür aufgeschlossen hatte, schlüpfte sie hinein und prüfte probehalber die Plastikschüssel im Flur.

»Nur Wasser!« sagte ihr resignierter grasgrüner Blick.

Dann sprang sie entschlossen auf die Küchenbank, machte sich im Sonnenfleck breit, verwies ihre Mutter in den Schatten und bohrte ihr den Kopf zwischen die Vorderpfoten.

Emily, in ihrem Schläfchen unsanft gestört, begann sofort und pflichtschuldigst ihrem ungebärdigen Kind die Stirn zu säubern. Sobald sie ermattet die Augen schloß, wurde ihr bedeutet, sich nunmehr Nellys Kinnpartie anzunehmen.

Torro, der es nicht lassen konnte, sich einzumischen, wurde mit drohend erbobener Pfote in seine Schranken verwiesen. Nelly, unser dralles Nesthäkchen, kannte keine Rücksicht. Sie nahm, was sie irgend kriegen konnte, und das einzige Recht, das sie anerkannte und ausübte, war das Recht des Stärkeren.

Dergleichen, sagte ich mir, ist unter Tieren doch immerhin eine gesunde Reaktion. Man mußte versuchen, es positiv zu sehen.

In absehbarer Zeit, fuhr ich in meinem tröstlichen Selbstgespräch fort, wird der kleine Kater Manns genug sein, sein Terrain und sein Futter zu verteidigen, und sie wird davon absehen, es ihm streitig zu machen.

Und bis dahin muß ich mir den Tort antun, sie so viel wie möglich im Hause zu halten, wenigstens nachts.

Es war leichter, als ich gedacht hatte.

Nach anfänglichen Scharmützeln, die wir uns nach dem Abendessen lieferten, begriff Nelly, daß es keinen Ausgang gab. Wenn die Hunde spät noch einmal ihren Rundgang machten, klinkte ich die Küchentür fest zu im Bewußtsein, sie drinnen auf der Bank zusammengerollt zu wissen.

Es war ein gutes Gefühl, draußen unterm nächtlichen Himmel auf und ab gehend den Blick frei und beruhigt streifen zu lassen über das friedliche Tal und das schlafende Dorf, einschließlich Windmöllers Haus und Schuppen.

Trennten uns auch Wiesen, Gärten und ein Stoppelfeld, so war es doch Nachbarschaft, und ich wollte keinen Ärger. Auch gönnte ich dem kleinen Kater sein Nachtfutter und seinen warmen Unterschlupf.

Und Nelly war's zufrieden.

Sie quälte nicht, sie quengelte nicht, sie kratzte nicht an der Tür. Widerspruchslos zog sie sich allabendlich auf die Küchenbank zurück und ließ sich einsperren.

Erstmals empfand ich so etwas wie Stolz auf einer erzieherische Leistung, und es war seltsam, daß es mir ausgerechnet mit Nelly passierte. Es war ein Hochgefühl, und es war berauschend, solange es währte ...

5. KAPITEL

Die Kühlschrank-Fehde

*Im Zusammenleben mit Tieren, so wurde mir
einmal erklärt, müsse man auf die eigene
Würde bedacht sein. Wer sein Futter nicht mit
Krallen und Zähnen verteidige, werde nicht
geachtet.*

E s gibt Haushaltsgeräte, mit denen habe ich kein Glück. Man könnte sogar behaupten: Sie widersetzen sich mir, werden unter meiner Hand widerborstig, agressiv, schlapp und schließlich unbrauchbar.

Zum Beispiel Staubsauger.

Ich erwarte nicht, daß mir jemand glaubt, denn man kann es natürlich auch anders sehen und mir das Ganze zur Last legen. Deshalb lasse ich dieses heikle Thema in der Regel unberührt. Aber eines Tages kam es doch zur Sprache, und zwar mit einem Fachmann.

Ich hatte einen Kühlschrank gekauft, der von vornherein den Dienst verweigerte, und die Firma versprach, mir einen Techniker zu schicken.

Es war Weiberdonnerstag, der Mann kam aus Trier und hatte sich durch die entfesselte Rotte der Eifler Möhnen kämpfen müssen, die in allen Dörfern die Straßen sperrten, sämtliche Autos anhielten, die Fahrer ausplünderten und ihnen unter wildem Trimpfgeheul die Schlipse abschnitten.

Letzteres entsetzte den genervten Techniker ganz besonders, er machte sich Gedanken über die Symbolträchtigkeit dieser Unsitte und verwünschte den Auftrag, der ihn ausgerechnet an diesem Tag in die sonst eher verschlafene Eifel geführt hatte.

Es war inzwischen Mittag geworden, die Kinder kamen aus der Schule, und wir luden ihn zum Essen ein.

Als er sich etwas erholt hatte, sah er sich den nagelneuen, dienstunwilligen Kühlschrank an. Scherzeshalber, um ihn zu lockern, gab ich der Hoffnung Ausdruck, daß zu meinen jahrelangen Querelen mit Staubsaugern diverser Fabrikate mir jetzt nicht auch noch eine Kühlschrank-Fehde drohen möge.

Der Mann verzog keine Miene.

»Schon möglich«, murmelte er düster und grub in den Tiefen seines ledernen Werkzeugkoffers nach einem Schraubenzieher, »manche Geräte hat man einfach gegen sich.«

Ich glaubte, nicht richtig zu hören, denn hier sprach schließlich einer, der den Dingen, von denen ich leider nichts verstand, von Berufs wegen zuleibe rückte.

Die Schleusen meines lange zurückgehaltenen Unmuts öffneten sich, ich zählte in atemloser Folge die Staubsauger auf, die mir das Leben schwergemacht hatten, er lauschte, nickte und gab zu verstehen, daß ihn seinerseits ebensolche Schwierigkeiten mit Waschmaschinen plagten. Er spiele schon lange mit dem Gedanken, sie sich vom Hals zu schaffen, ein für allemal.

Ich staunte.

Nach einiger Überlegung kam ich zu dem Schluß, daß mich die Gegnerschaft der Staubsauger zwar mürbe machte, aber die erklärte Feindseligkeit der Spezies Waschmaschine vollends mattsetzen würde.

Insofern meinte ich, noch verhältnismäßig gut dran zu sein. Der Fachmann gab mir recht. Er hoffe nur, seufzte er abschließend, daß mir nicht künftig auch die Kühlschränke in den Rücken fielen.

Ich sollte ihn nie wiedersehen, aber ich habe seitdem oft an ihn gedacht.

Der von ihm an jenem Weiberdonnerstag instand gesetzte Kühlschrank eines namhaften Herstellers, der von Anfang an den Dienst in meiner Küche verweigert hatte, gab pünktlich nach Ablauf des Garantie-Jahres seinen Geist auf.

Daraufhin wandte ich eine List an, zu der ich im Krieg mit den Staubsaugern bereits öfters gegriffen hatte. Ich erwarb ein billiges Modell, nahezu namenlos, in irgendeinem Entwicklungsland hergestellt, ohne viele Sterne, Schnickschnack und Renommé.

Es hatte etliche Nachteile, die hier nicht eigens beschrieben werden sollen. Nur so viel sei gesagt:

Der Kühlschrank summte wie ein ganzer Bienenschwarm.

Nach zwei Jahren röhrte er wie ein Rudel Hirsche zur Brunftzeit.

Ahnungslosen Besuchern fielen vor Schreck die Löffel aus der Hand, wenn der Kühlschrank nach längerer Pause mit voller Lautstärke einsetzte.

Gelassen blieben nur unsere Tiere.

Oft, wenn wir am späten Abend alarmiert in die Küche stürzten, weil der Kühlschrank das Haus erzittern ließ, fanden wir Nelly und Emily dicht aneinander geschmiegt auf der Abdeckplatte sitzen.

»Ich glaube, er schließt nicht mehr richtig«, meinte Friederike eines Nachts, nachdem sie – freudig umschmeichelt von Nelly – unser fragwürdiges Kühlgerät untersucht hatte, »das erhöht die Stromkosten wahnsinnig, Mama! Deshalb ist er auch so laut geworden. Er muß ja ständig nachladen!«

Unter diesen Umständen war es ein leichtes, mich zu einer Neuanschaffung zu überreden.

Viel war ja nicht verloren.

Von einem billigen Modell, in das man keine hohe Erwartungen gesetzt hat, trennt man sich leicht.

Außerdem ging es in den Sommer. Man konnte die Katzen guten Gewissens wieder hinauslassen, und die ganze Küche bedurfte der Auffrischung.

Mit schwingendem Zollstock maßen wir die Wände aus,

kauften Tapeten, trafen Anordnungen zur Verschönerung der Küchenmöbel und beschlossen einstimmig, diesmal wieder einen Marken-Kühlschrank zu kaufen, ein modernes Gerät, größer als das vorige, mit großem Tiefkühlfach, Abtau-Automatik und garantiert geräuschlos.

So was ist natürlich ein Kostenpunkt.

Aber Friederike wies mich weise darauf hin, daß wir damit Strom sparen würden, und außerdem: Die Technik muß nun mal stimmen. Ansonsten kann man improvisieren, experimentieren, seinen kreativen Kräften freien Lauf lassen.

Lieber die Küchenschränke behalten, gründlich reinigen und phantasievoll verschönen, als einen unzuverlässigen Kühlschrank ertragen, einen Stromfresser mit dem Stimmvolumen eines röhrenden Hirsches. Letzten Endes, belehrte mich Friederike, zahle man dabei drauf, egal, wie preiswert er in der Anschaffung war.

Der Neue begeisterte uns durch sein Fassungsvermögen, aber er war so hoch, daß er die tischhohe Front durchbrach und man seine Abdeckplatte nicht mehr benutzen konnte. In einer kleinen Küche, wo man mit jeder Arbeits- und Abstellfläche rechnen muß, war das ein großer Nachteil, den ich erst im nachhinein bemerkte.

Alles andere indessen ließ sich prächtig an. Der Sommer schritt fort, unsere Tiere genossen die Freiheit in Gottes schöner Natur, und wir erfreuten uns am geometrischen Design, das Friederike den Küchenmöbeln aufgeprägt hatte.

Windmöller zeigte mir voller Stolz seinen schwarzweißen Kater, der zu einem stämmigen Burschen herangewachsen war, gepflegt, kastriert, anhänglich und aufgeschlossen. Nelly, kontaktfreudig bis zur Liederlichkeit, hatte jeden Abend eine andere Verabredung. Unmittelbar nach der Fütterung hüpfte sie die flachen Stufen der Außentreppe hinunter, hielt wohlgemut Ausschau nach allen Richtungen, stellte den Schwanz senkrecht auf wie ein Peilgerät und bewegte sich eilig davon. Solange das Gras hoch stand, war es selbst für eine so gewichtige kleine Person wie sie kein Problem, spurlos zu verschwinden.

Um diese Jahreszeit suchten wir sie nicht. Wir wußten, sie würde sich einfinden, früher oder später.

Dieser Sommer währte so lange wie selten. Er war strahlend blau, sonnenüberglänzt, von südlich anmutendem Flair. Selbst auf unseren verschwiegenen Landstraßen letzter Ordnung tummelten sich Radfahrer und Wandersleute bis weit in den Herbst hinein. Die Wäsche trocknete noch im November draußen, und erst um Weihnachten herum wurde es naß und unwirtlich.

Alle unsere Tiere fanden sich ein bis auf Miß Lucie, die Anfang Dezember vierzehnjährig von uns gegangen war. Das Alter hatte ihre Abwehrkräfte aufgezehrt, so daß sie einer schweren Erkältung erlag.

Uns blieben Emily, Nelly, Jüli und Nina, die das Haus unter sich aufteilten, ohne daß jemand von uns darauf hätte Einfluß nehmen können.

Jüli gehörte das obere Stockwerk, wo sie höchstens vorübergehend Nina duldete. Die Küche war und blieb fest in Emilys und Nellys Pfote.

Kurz vor Weihnachten begann ich mit der Feiertags-Vorratshaltung, die sich durch den turmhohen neuen Markenkühlschrank so leicht wie nie zuvor gestaltete.

Der Heilige Abend vereinigt traditionsgemäß drei Generationen unter unserem Dach, die jedoch erst herbeigekarrt werden müssen. Der aus dem fernen Frankfurt angereiste

Vater machte sich erbötig, Simon in Wisburg abzuholen, während es Friederike und mir oblag, die Oma zu transportieren.

Am späten Nachmittag, unter Hinterlassung des fertigen Abendessens, machten wir uns auf den Weg, der nur wenige Kilometer weit war. Da wir unbedingt vor den Männern wieder zu Hause sein wollten, hielten wir uns nicht lange auf, ließen die Oma einsteigen und verstauten ihre Päckchen und mannigfaltigen Stricksachen im Kofferraum.

An ihrem Kachelofen, bemerkte sie wehmütig, sei es herrlich warm gewesen, und sie könne nur hoffen, daß sie bei uns nicht wieder so frieren müsse wie letztes Jahr.

Ich weiß nicht mehr, was ch darauf erwiderte. .

Meine ganze Erinnerung ist eingegrenzt auf jenes Happening, das meiner harrte, als ich die Küche betrat, während Friederike die Oma ins tannenduftende Zimmer geleitete.

Ich drückte auf den Lichtschalter – und flash!

Jemand stöhnte »Nein! Nein!« Vermutlich war ich es, aber meine Stimme erschien mir fremd, und nur die wahnwitzige Hoffnung, dies sei ein Alptraum, aus dem ich umgehend schweißgebadet erwachen würde, hielt mich aufrecht.

Aber der Alptraum wollte nicht weichen.

Das Bild, das sich mir bot, blieb hartnäckig eine Vision des Schreckens und der Verwüstung. Hier hatten Vandalen gehaust, hier war Raubbau getrieben worden, hier waren unterweltliche Kräfte am Werk gewesen.

Der Kühlschrank klaffte weit offen.

Drinnen befand sich nichts mehr als Nelly, die ein zerfetztes Einwickelpapier aus der erhobenen Pfote lautlos abwärts flattern ließ.

Eine Schüssel mit gemischtem Salat lag in Scherben. Von einem halben Dutzend Würstchen waren vier zerknabbert.

Milchtüten lagen ausgekippt, Sahnekännchen kugelten zwischen angenagten Goudascheiben, die kläglichen Reste einer Torte zierten den Fußboden.

Heil geblieben war nur das Geflügel im Tiefkühlfach, das Gemüse und die seitlich in den Türfächern verstauten Eier und Butterplätzchen.

Schuldbewußt wälzten sich die Hunde aus meinem Schatten. Emily hatte sich bereits die Treppe hinauf gerettet, Nina saß auf dem Hängeschrank außer Reichweite. Nur Nelly grabschte ungerührt nach den restlichen Würstchen.

Ich scheuchte sie weg. Aber das war nichts weiter als ein Reflex.

Nichts von dem, was sich da auf dem Fußboden herumtrieb, konnte ein Mensch noch essen.

Übergehen wir die nächsten zwei Stunden.

Ich habe ein Leben lang lieber improvisiert als konzipiert. Aber wenn ich schon einmal geplant und detailliert vorbereitet habe, dann sind meine geistigen Kräfte erschöpft, und es dauert eine Ewigkeit, bis mein Improvisationstalent wieder zu sprudeln beginnt.

Irgendetwas haben wir natürlich gegessen an jenem Heiligabend, vermutlich Tomaten, Radieschen, harte Eier und Butterbrote.

Später, mit Friederike allein in der Küche, erörterte ich mühsam gefaßt das Thema »Kühlschrank«.

Jemand hatte es fertiggebracht, ihn zu öffnen.

Aber wer? Und wie?

Schließlich handelte es sich nicht um ein zierliches Kästchen mit wackligem Verschluß, sondern um einen Turm mit solidem Türgriff, den man kräftig anziehen mußte, bevor er nachgab.

Die Hunde hätten vielleicht die Kraft gehabt, aber nicht das Geschick, von der Idee ganz zu schweigen.

Den Katzen, speziell Nelly, traute ich die Idee durchaus zu, nicht jedoch die Kraft.

»Vielleicht haben sie sich am alten Kühlschrank schon geübt«, meinte Friederike nachdenklich, »wir glaubten, die Tür schließt nicht mehr richtig, weißt du noch? Sie war manchmal bloß angelehnt, und dann machte er noch mehr Krach als sonst –«

»Dadurch ist uns manches erspart geblieben«, erkannte ich nicht ohne Bitterkeit, »denn wenn er zu röhren und zu rumpeln anfing, wurden wir unruhig, standen auf und sahen nach und störten die Orgie, noch bevor sie begonnen hatte.«

»Aber der alte Kühlschrank war wirklich brüchig«, wandte Friederike ein, »die Gummipolster an der Tür waren porös geworden – und überhaupt – dieser hier ist neu, Mama!«

»Wem sagst du das!« seufzte ich in Gedanken an den Anschaffungspreis.

In dieser Nacht schlief niemand in der Küche.

Emily und Nelly sahen mich aus großen, runden Robbenaugen fragend an, als ich sie in mein Büro verwies.

Nein, da wollten sie nicht bleiben.

Aufgebracht kratzten sie an der Tür.

Nelly stieß empörte Laute aus.

Aber ich blieb hart.

Ein Freund von Simon hatte mir einmal erklärt, im Zusammenleben mit Tieren müsse man auf seine eigene Würde bedacht bleiben. Ein Wesen, ob zwei- oder vierbeinig, das sein eigenes Futter nicht verteidige, werde von keinem Tier geachtet. Nun, ich war entschlossen, mir nichts mehr ungestraft nehmen zu lassen und mein ramponiertes Ansehen im

Kreise meiner Tiergesellschaft so schnell wie möglich wieder aufzupolieren.

Leider war es Winter und das Wetter ein Graus.

Eiskalter Regen fegte durchs Tal, und selbst die Hunde, sonst von jedem Ausgang entzückt, schoben die notwendigen Gänge auf bis zum allerletzten Moment.

Die Katzen warfen angewiderte Blicke durch die beschlagenen Fensterscheiben und ließen die Köpfe matt auf die Pfoten sinken.

Außer Jüli, die auch bei sinkenden Temperaturen das Dachgebälk und die Einsamkeit vorzog, suchten alle Tiere meine Gesellschaft, nachdem das Haus wieder leer und die feiertägliche Unruhe abgeebbt war.

Kurz nach Neujahr stand ich in der Küche und wusch das Geschirr. Ein Geräusch, das ich nicht deuten konnte, ließ mich innehalten. Unwillkürlich drehte ich mich um.

Unter die geschlossene, zentimeterdicke Tür des imposanten, turmhohen Kühlschranks hatte sich Nelly fast platt gequetscht. Keuchend, auf dem Rücken liegend, das Kreuz sportlich durchgedrückt, bearbeitete sie mit allen vier Pfoten den gepolsterten Spalt, den ich für hermetisch verschlossen hielt.

Nur die unverhüllte frohe Erwartung Emilys, Ninas und beider Hunde gab mir zu denken.

Nelly arbeitete schwer und konzentriert wie ein gelernter Safe-Knacker. Niemand half ihr.

Als der Kühlschrank seinen Widerstand aufgab und Klick machte, klang es wie das »Sesam öffne dich« im Märchen aus Tausendundeiner Nacht.

Die schwere Tür schwang auf.

Ich stand wie gelähmt, die Spülbürste in der nassen Hand. Erst als Bonnies schmale Collie-Schnauze elegant ins untere Fach vordrang, erwachte ich aus meiner Trance und stieß einen Schrei aus, den man vermutlich bis zu Windmöllers hören konnte.

Die Hunde sanken sofort in sich zusammen. Emily flüchtete auf die Fensterbank. Nina war nicht mehr zu sehen.

Nur Nelly bot mir mutig die Stirn.

Die Spülbürste wie eine Keule schwingend ging ich auf sie los.

Langsam nur und sehr unwillig räumte sie das Feld. Ich hatte nicht den Eindruck, daß sie mich höher achtete als vorher, ganz im Gegenteil.

Aber da sie nicht nachtragend und übelnehmerisch ist, schnurrte sie mir bereits im Flur laut und vernehmlich entgegen, als ich fahrig eine Rolle Textil-Klebeband suchte, um vier lange Streifen abzuschneiden und die Kühlschranktür damit zu bandagieren.

Jedes Mal, wenn ich auch nur die Kaffeesahne brauchte, mußte ich alle Bänder wieder abnehmen, was häßliche Streifen auf dem matten Weiß der Oberfläche hinterließ.

Um die gleiche Zeit stellte ich fest, daß die Abtau-Automatik nicht vorschriftsmäßig funktionierte.

An der Rückseite innen bildeten sich Rinnsale, tropften auf die untere Glasplatte und mußten regelmäßig weggewischt werden.

Inzwischen gehört auch dieses Gerät der Vergangenheit an. Wir trennten uns von ihm, wir trennten uns von den Küchenmöbeln mit dem geometrischen Design, wir trennten uns sogar von dem Haus, in dem es stand.

Nur von Nelly trennten wir uns nicht, ebensowenig wie von ihrer rundköpfigen Mutter Emily, von Nina, Jüli und den Hunden.

Wir kauften flußaufwärts ein Bahnwärterhaus mit armdicken Mauern, verwunschenem Gärtchen und morschen Schuppen und versahen die Küche mit einer Einbauzeile, deren Hauptattraktion ein Kühlschrank in Augenhöhe ist.

Zwar wirft sich Nelly immer noch mit ungebrochenem Elan auf den Rücken und arbeitet mit allen vier Pfoten gleichzeitig, aber alles, was sie öffnet, ist der Topfschrank.

6. KAPITEL

Das Möhrchen

*Befragt nach seiner Welt in der irischen Graf-
schaft Cork, antwortete Tomi Ungerer: »Sie ist
nicht heil, aber sie ist heilbar.« Auch meine
Welt ist nicht so heil, wie sie meinen Lesern
manchmal erscheinen mag. Nicht jeder fühlt
sich bei uns zu Haus und geborgen, nicht einmal jede Katze.*

Zehn Jahre lang haben wir Ponies gehalten: eine alte Norweger-Stute, ein Welsh-Stut-Fohlen und zwei Shetland-Wallache namens Sammy und Sonny.

Die beiden sind nie getrennt worden. Bis heute stehen sie zusammen auf einer Eifelwiese und freuen sich ihres bequemen Lebens.

Die alte Stute, eine allseits anerkannte Führernatur, erreichte das legendäre Alter von dreißig Jahren. Aus dem Fohlen, das wir einem Pferdemetzger aus dem Transporter zerrten, bevor er Zeit hatte, die Klappe zu schließen, wurde eine prächtige Welsh-Zuchtstute.

So viel vorab.

Wir hatten das Glück, immer über Weiden am Haus zu verfügen, und solange sich die Klein-Pferde dort tummelten, wimmelte es von Zaungästen.

Scharen von Menschen näherten sich mit Plastiktüten voll gärender, lange gehorteter Kartoffelschalen und welker bis fauliger Salatabfälle, geschmierter Brote und krümeliger, teils schimmeliger Kuchenreste.

Keiner der Wohlmeinenden hatte genug Verstand, die Tüten auf den Kompost zu kippen, und keines unserer Ponies hatte genug Instinkt, sich angewidert davon abzuwenden.

Ganz im Gegenteil!

Sobald sie eine Tüte rascheln hörten, spitzten sie die Ohren, setzten sich eilig in Bewegung, lehnten sich Kopf an Kopf übers Gatter und verdarben sich umgehend den Magen.

Eine Kolik jagte die andere, der Tierarzt ging bei uns aus

und ein, und Simon malte mehrere Schilder mit der Aufschrift »Bitte nicht füttern! Kolik-Gefahr!«

Es waren auffällige, knallbunte Machwerke, die längs der Umzäunung angebracht wurden und zumindest den Erfolg zeigten, daß Kinder und Jugendliche ihre Tüten in den Hof brachten, um den Inhalt begutachten zu lassen. Handelte es sich um etwas Verdauliches, durften sie die Ponies damit beglücken. Leider mußten wir feststellen, daß den Erwachsenen soviel Vernunft nicht innewohnte.

Es gab ein bejahrtes Ehepaar, das den Unfug auf die Spitze trieb, uralte Pizzareste und die Lebkuchenhäuschen vom Weihnachtsmarkt im darauffolgenden Sommer auf unsere Weide warf und feindselig reagierte, wenn wir uns das verbaten. Es war den beiden nicht beizukommen.

Der Mann trug eine Prinz-Heinrich-Mütze, die Frau eine kunstvolle Flechtfrisur, beide stützten sich auf Wanderstöcke, die sie notfalls drohend erhoben.

Die Warnschilder zierten bereits die Umzäunung, als der Hobbybauer Hartwig mit seinem Kombi dicht neben dem Paar hielt, das unter der Last seiner stinkenden Tüten fast zusammenbrach.

Genau vor Simons schwungvoll gemaltem Werk blieben die beiden stehen, ließen verheißungsvoll die Tüten rascheln und sahen mit leuchtenden Augen der heranpreschenden Herde entgegen.

Hartwig war ausgestiegen und herangeschlendert.

Das Paar beachtete ihn nicht.

Er wies stumm auf das Schild.

Keine erkennbare Reaktion.

Die Frau stützte sich verträumt auf den Wanderstab, der Mann lüftete die Prinz-Heinrich-Mütze und bückte sich nach der ersten, schwersten Tüte.

Hartwig studierte die beiden ungeniert und eingehend. Sie taten, als sei er Luft.

Noch einmal wies er auf das Schild.

Sie ignorierten ihn.

»Mein Gott«, sagte Hartwig laut und verächtlich, »ich dachte, in Ihrem Alter könnte jeder lesen! Analphabeten in einem Land, wo Schulpflicht herrscht!«

Er schüttelte verzweifelt den Kopf.

»Das ist ja eine Kulturschande!« stieß er abfällig hervor, und das half.

Zischelnd und zeternd raffte das Paar seine Abfalltüten zusammen und zog davon.

Keinen der beiden sahen wir jemals wieder.

Anders war es mit den Kindern. Eine gewisse Zahl blieb uns stets erhalten, wenn auch die Gesichter im Lauf der Zeit wechselten. Die meisten von ihnen waren Mädchen im Alter zwischen zehn und zwölf.

Eines von ihnen, das fast überhaupt nicht abzuschütteln war, hieß Tatjana und wohnte im Oberdorf.

Zog ich morgens verschlafen die Vorhänge auf, fiel mein erster Blick auf Tatjana, die bereits an einem Zaunpfahl klebte.

Sank am Abend die Dämmerung, gingen Simon oder Friederike unter einem Vorwand ins Dorf, um Tatjana vorsorglich nach Haus zu bringen.

Solange unsere Kinder selbst zwischen zehn und zwölf waren, gestaltete sich der Umgang mit den Zaungästen völlig unkompliziert. Man beschäftigte sich mit den Ponies, miteinander und wieder mit den Ponies.

Für das Miteinander hatte Simon die demokratische Abstimmung eingeführt, das heißt, jeder brachte einen Vorschlag ein, alle stimmten schriftlich darüber ab, und gemacht wurde das, was Simon wollte.

Erstaunlicherweise gab es außer seiner Schwester kaum je ein Kind, das dagegen aufmuckte.

Je weiter der Altersunterschied zu klaffen begann zwischen ihm und den Zaungästen, um so weniger konnte er mit ihnen anfangen.

Sie wurden in Kauf genommen, durften ab und zu reiten, die Shetties von einer Wiese zur anderen führen und Heu verteilen. Ansonsten waren sie eher lästig.

Tatjana konnte nichts dafür, daß sie für unsere Kinder zu spät geboren war und daß sie mit etwas aufwarten mußte, um unser aller Interesse zu wecken.

Sie tat es mit einem Kätzchen namens Möhrchen, und das ist nicht die Verkleinerungsform für Mohrrübe, sondern die in der Eifel übliche für Mohr.

Das Kätzchen, erzählte Tatjana, sei rabenschwarz.

Es stammte aus dem Frühjahrswurf in ihrer Nachbarschaft, wo der schielende graue Kater sein Revier hatte, und wurde von Tatjana und ihrer unübersichtlichen Familie keineswegs so gehalten, wie wir unsere Katzen zu halten pflegten.

Es wuchs überhaupt nicht, berichtete Tatjana, hatte schuppiges Fell und tränende Augen, durfte nicht vor die Tür und mußte sich im Inneren des maßlos überfüllten Hauses zweier neu hinzugekommener scharfer Schäferhunde erwehren.

Tatjana war mit Eltern und zwei Geschwistern vor Jahresfrist aus einer rheinischen Großstadt ins Dorf gezogen, und alle paar Monate gesellte sich ein weiterer Bruder, irgendwoher kommend, dazu, finstere Gesellen allesamt, einer davon mit den erwähnten Schäferhunden. Es hieß, der Tierschutz habe sie bereits im Visier.

Ich meinerseits hatte das arme Möhrchen ins Auge gefaßt, ohne die geringste Aussicht allerdings, es an mich zu bringen. Ich hatte sogar den Eindruck, daß sich Tatjana an meiner schwer zu verbergenden Anteilnahme am Schicksal ihrer kleinen Katze weidete, und alles in allem war das ja auch das einzige, womit sie sich mein lebhaftes Interesse sichern konnte.

Schon aus diesem Grunde hielt sie zäh daran fest.

Inzwischen war ihre Familie die Miete für das Bauernhaus im Oberdorf schon eine Weile schuldig geblieben und traf wohl auch nicht die geringsten Anstalten, den Rückstand aufzuholen. Die darauf erfolgte Kündigung blieb ohne jeden Effekt. Es kam zur Räumungsklage, die sich bis tief in den Herbst hinein hinzog, und als schon niemand mehr ernsthaft damit rechnete, suchte und fand Tatjanas Sippe eine neue Bleibe fern von unserem Dorf.

Während ihre plötzlich emsig gewordenen Brüder alles abmontierten und einpackten, was nicht niet- ud nagelfest war, einschließlich der Armaturen in Küche und Bad und sämtlicher Türklinken, erschien Tatjana, um Abschied zu nehmen. Ich legte ihr die Hand auf den fahlblonden Scheitel und wünschte ihr alles Gute.

In einem Nebensatz ließ sie mich wissen, daß in ihrem neuen Heim keine Tiere erwünscht seien.

Ich war wie elektrisiert, goß ihr ein Glas Orangensaft ein und erkundigte mich so beiläufig wie möglich nach dem Verbleib der kleinen schwarzen Katze.

Ich könne sie haben, erklärte Tatjana achselzuckend.

»Wann?« fragte ich begierig.

»Morgen«, sagte Tatjana.

Am nächsten Tag kam sie, um von den Ponies Abschied zu nehmen. Simon schenkte ihr ein Pferdebuch, Friederike trennte sich von zwei Schokoriegeln und einem verschwommenen Foto, das Tatjana zwischen Sammy und Sonny zeigte, und ich zügelte mich insoweit, als ich nur ganz nebenbei nach Möhrchen fragte.

»Morgen«, erwiderte Tatjana, »bringe ich sie.«

Ich hatte kein gutes Gefühl dabei. Tatsächlich glaubte ich nicht daran.

Tags darauf jedoch erschien Tatjana, um sich zum dritten Mal zu verabschieden. Auf ihrem Arm saß das nunmehr zehn Monate alte Möhrchen, rabenschwarz mit Schorfstellen im stumpfen Fell, vom Format eines zwölf Wochen alten Katzenkindes. Tatjana trennte sich nur zögernd, legte uns Möhrchen überschwenglich immer wieder ans Herz, kam noch ein paarmal zurück und ging endlich für immer.

Aber noch traute ich dem Frieden nicht. Erst als ich den Lastwagen davonrumpeln sah, der sie und ihre Lieben mit allem, was ihnen gehörte und nicht gehörte, hinwegtrug, atmete ich auf.

Möhrchen wurde gehegt, gepflegt und behutsam in unsere Tiergesellschaft eingeführt, die aus Bonnie und Torro bestand, was Hunde anging, sowie aus den Katzen Miß Lucie, Jüli und Emily.

Torro, an Kummer und Neuzugänge hinreichend gewöhnt, wandte sich alsbald wieder den interessanten Dingen des Lebens zu.

Miß Lucie, als sie der zu klein geratenen Artgenossin ansichtig wurde, gähnte und vergrub erneut den Kopf zwischen den Vorderpfoten, um weiterzuschlafen.

Jüli äugte mißtrauisch aus den Höhen des Kleiderschranks hinunter, den sie sich für diesen Winter reserviert hatte, und als das neue Tier keine Anstalten machte, hinauf zu klettern, erlosch ihre kampfbereite Neugier.

Bonnie, in rührender, nie erlahmender Mütterlichkeit,

nahm sich sofort des kleinen Fremdlings an, bereit, ihn zu wärmen, zu betten und zu säubern.

Emily erbot sich, ein Kissen mit ihm zu teilen.

Simon, Friederike und ich warfen uns mit Feuereifer auf sachgemäße Fütterung und medizinische Versorgung. Aus dieser schwarzen, unterentwickelten Armseligkeit ein gesundes, wohl genährtes Katzentier zu machen, war eine Herausforderung ganz nach unserem Herzen.

Indessen: Möhrchen entzog sich jeder liebevoll streichelnden Hand, schloß sich keinem von uns an, weder Mensch noch Tier, wieselte und wuselte ziellos herum, ließ sich nirgends nieder, fraß hier ein bißchen und dort ein bißchen, hielt sich weder an einen Napf noch an feste Essenszeiten und wurde nicht heimisch. Es spielte mit nichts, kuschelte sich nirgendwo friedlich zusammen, war jeder Ruhestellung ebenso abhold wie der sanft gemurmelten Ansprache.

Es kratzte aber auch nicht an der Tür, saß nicht mit sehnsüchtigem Ausdruck am Fenster, zeigte keine Absicht und kein Verlangen.

Mit anderen Worten: Zwischen uns fehlte jede Verständigung.

Nach einer Woche, als man annehmen konnte, es wisse nun, wohin es gehöre, ließen wir es in den Garten. Es lief ein bißchen herum, schärfte seine kleinen Krallen am Baumstamm, kam wieder herein, wirkte unschlüssig und ratlos und verkrümelte sich im Haus.

Wir machten es uns nicht leicht, hielten uns seine gestörte Kindheit vor Augen und alles, was es vermißt haben mochte. Wir setzten den Fleischgehalt im Futter herauf, mischten Hühnerbrühe hinein und unterzogen alle unsere Tiere einer doppelten Wurmkur.

Möhrchen kam uns nicht näher.

Es entzog sich Bonnies liebevoller Fürsorge immer entschiedener und strebte von jedem Arm und jedem Schoß herunter. Im Gegensatz zu allen Tieren, die wir je gehalten haben, und das schließt die Ponies ein, spitzte es nie die Ohren, wenn man es ansprach, und hörte nicht auf seinen Namen. Zwar wurde es rundlicher mit der Zeit, aber es wuchs keinen Zentimeter, es wurde lebhafter, aber es blieb indifferent. Nach drei Wochen waren wir einander noch keinen Schritt nähergekommen.

Draußen stürmte der Dezemberwind, die Bäume ächzten und stöhnten, und mir war besorgt zumute, als Möhrchen bei der abendlichen Fütterung fehlte.

Sofort ließ ich alles stehen und liegen, rief die Kinder und durchsuchte mit ihnen Haus, Keller und Pferdeunterstand. Die Hunde schlossen sich voller Eifer an, Bonnie schnüffelte aufgeregt am Gartentor. Aber ich ließ sie nicht weiter gehen, es war schon stockdunkel, kalter Regen rauschte nieder, und es konnte ebensogut sein, daß Möhrchen unter einer Truhe hockte und sich bedeckt hielt.

Am nächsten Morgen fehlte unser Sorgenkind immer noch, und da wußte ich, daß es fortgegangen war.

Der Gedanke bedrückte mich. Ich grübelte tagelang, aber auch im nachhinein hätte ich nicht sagen können, woran wir es fehlen ließen und womit wir es hätten fesseln können. Nie mehr zeigte sich die kleine, schwarze Gestalt auf unserem Gelände, und auch von fern näherte sie sich nicht.

Möhrchen hatte sich verflüchtigt. Es hatte uns verlassen ohne jede Absicht, irgendwann zurückzukehren.

Kurz vor Weihnachten ging ich zum Bahnhof.

Der Tag war grau und verhangen, ich strebte mit gesenktem Kopf vorwärts, den Schirm nach dem Wind drehend, durchs Oberdorf, in Richtung Kapelle, vorbei an der weitläufigen Wohnstatt des schielenden grauen Katers, nach dem ich immer unwillkürlich Ausschau hielt wie nach einem guten, alten Bekannten.

Er war nicht zu sehen.

Aber neben dem Hühnertörchen, das in Form eines Vierecks in die hölzerne Stalltür gesägt war, hockte eine kleine, schwarze Kugel, feucht und fröstelnd.

Ich verhielt den Schritt, klammerte mich aufgeregt an meinen Schirm und rief: »Möhrchen!«

Es sah mich aus grünen Augen abweisend an, lüpfte sein Hinterteilchen und schob sich im Zeitlupentempo durchs Törchen in den Stall.

Ich stand immer noch wie angenagelt, als in der viereckigen Öffnung neugierig und herausfordernd zuerst der schielende graue Kater und dicht hinter ihm eine alte, schwarzweiße Katze erschien. Beide wollten offenbar erkunden, wer diesmal hinter dem armen Kleinchen her war.

Sichtlich beruhigt zogen sie sich zurück, als ich mich wieder in Bewegung setzte.

Auch mir war leicht ums Herz, jetzt, da ich wußte, daß Möhrchen dorthin zurückgefunden hatte, wo es seine erste und vielleicht einzige glückliche Zeit seines kurzen Lebens verbracht hatte: In dem Kreis seiner eigenen Familie, an die Gemeinschaftsschüssel frisch gemolkener Milch.

Im darauf folgenden Sommer sah ich es im Schatten seiner schwarzweißen Mutter emsig in hoch aufgeworfenen Maulwurfshügeln scharren und graben, aber ich machte mich nicht bemerkbar. Ich schlich vorbei, und falls es mich wahrnahm, tat es so, als sähe es mich nicht.

Wir waren nicht füreinander bestimmt.

7. KAPITEL

Robin Rotkopf

*Fast alle unsere Tiere sind uns zugelaufen,
herrenlos und frauenlos. Keins von ihnen
wurde jemals reklamiert.
Aber auch von dieser Regel gab es eine Aus-
nahme.*

Aus dem Giebelfenster unserer Behausung am Rand des Unterdorfs traf der Blick über Gartenweg, Jägerzaun und ausgedehntes Wiesental hinweg hangaufwärts auf ein Bauernhaus größeren Formats, dessen Gemüse- und Blumengarten kaum seinesgleichen hatte. Es lag schräg gegenüber von Windmöller, und als die Bahnstation im Tal geschlossen wurde, mußten wir daran vorbei zur Bushaltestelle ins Oberdorf hinauf. Die Frau des Hauses, klein, kompakt, hellhaarig, von unbestimmbaren Alter, war von geradezu eigensinniger Zurückhaltung.

Mit der Zeit erlaubte sie sich die sparsame Erwiderung eines höflich gebotenen Grußes, aber darüberhinaus legte sie ihrer Mitteilsamkeit strenge Zügel an.

Nach fünf Jahren wußte ich von ihr immer noch nicht mehr als den Familiennamen, nämlich Engelhard, und keine wie immer geartete Verbindung bestand zwischen ihrem und unserem Haus. Es erschütterte mich nicht besonders, denn der Eifler Menschenschlag, dem ich selbst angehöre, neigt nur selten zu Spontan-Kontakten. In der Regel hält man den Mund, die Augen offen und wartet ab.

An einem sonnigen Wochenende im Frühsommer besuchte uns Friederikes Freundin Kirstin, mit der wir seit Jahren verbunden sind. Nach der nachmittäglichen Kaffee- und Kuchenmahlzeit schnappten sich die Mädchen die Hundeleinen und machten sich mit dem erwartungsvoll auf den Hinterbeinen tanzenden Torro und der glücklich hechelnden Bonnie auf einen langen Spaziergang.

Kirstin nämlich kommt in zweiter, wenn nicht gar in erster Linie in die Eifel, um unsere Hunde auszuführen.

Simon hatte es nicht eilig, ihnen zu folgen. Er half mir, den Tisch abzudecken und verwickelte mich in eine lebhafte Diskussion über die Zukunftsaussichten junger Menschen, deren Hauptanliegen es ist, geschlossenen Räumen zu entrinnen und sich im Freien zu bewegen.

Als er mich dahin gebracht hatte, ihm Punkt für Punkt zuzustimmen, stand seinem Aufbruch nichts mehr im Wege.

Ich schüttelte das Tischtuch aus und ließ es länger flattern als beabsichtigt, denn zu meiner kopfschüttelnden Verwunderung sah ich die Mädchen den Bahngleis entlang schon wieder heimwärts schlendern, wobei Kirstin beide Hunde führte und Friederike mit etwas anderem befaßt war.

Ich hätte ein Fernglas gebraucht, um festzustellen, um was im einzelnen es sich handelte, und das war nicht nötig, denn es würde unaufhaltsam auf mich zukommen, so sicher wie das Amen in der Kirche.

Es war ein Katzenjunges, rötlich-weiß getigert, mit babyblauen Augen, das mich sofort an den seligen Harry erinnerte.

Ich hielt es für einen Ableger des prächtigen Rot-Weißen, der sich von unserer liederlichen Nelly inzwischen verächtlich abgewendet hatte. Aber die Mädchen zweifelten daran, daß das Kleine zu unserem Dorf gehörte, denn es war ihnen etwa zwei Kilometer weiter bahnaufwärts begegnet, hatte sich ungeachtet der Hunde jammernd an ihren Jeans hochgeangelt und begehrt, mitgenommen zu werden.

Simon hob es hoch und betrachtete es kritisch.

Es hatte tränende Augen, Triefnase und ein heißes Schnäuzchen.

»O Gott«, seufzte ich beklommen.

Ein Durchgang von Katzenschnupfen im letzen Winter hatte keines unserer Tiere verschont und Miß Lucie schließlich dahingerafft. Selbst Nelly hatte wochenlang platt ausgestreckt gelegen und nach Luft gerungen, und ich hatte mich sogar bei dem Wunsch ertappt, sie möge sich wieder für den Kühlschrank interessieren.

»Es ist ein Kater«, bemerkte Simon.

»Wir müssen etwas für ihn tun«, beschwor mich Friederike.

Natürlich. Das war auch mein Eindruck.

Aber ich war nicht bereit, unsere Katzen noch einmal der kürzlich erst überstandenen Gefahr auszusetzen, zumal wir keine Medikamente mehr im Haus hatten.

»Wir fahren zum Tierarzt«, beschloß Simon, »lassen das Kerlchen verarzten und bringen Medizin und Desinfektionsmittel mit.«

Es war eine der letzten Fahrten in unserem klapprigen Renault, der bereits vor der Abmeldung stand, und ich war froh, als sie alle heil wieder zurück waren.

Der Kleine, berichtete Simon, litt tatsächlich unter ansteckendem Katzenschnupfen. Er hatte eine Spritze bekommen, mußte mehrmals täglich mit flüssiger Medizin versorgt und eine Woche lang von den andern getrennt gehalten werden. Falls er bei uns blieb.

Aber wo sonst hätte er bleiben sollen?

Keiner von uns erwog auch nur minutenlang, ihn wieder hinauszusetzen.

Nach eingehender Beratung wurde ihm das kleine Gästezimmer unterm Dach bewilligt, das Kirstin mit ihm zu teilen sich sofort erbötig machte. Der Einfachheit halber, damit wir nicht ständig in Desinfektionsmitteln zu baden brauchten, übernahm sie auch seine medizinische Versorgung, die sich erstaunlich problemlos gestaltete.

Er sauge begierig alles auf, berichtete Kirstin, was sie ihm vorsetze. Milch durfte er wegen der Verschleimungsneigung nicht bekommen. Anfangs, um sicher zu sein, daß er sie nahm, mischte sie die Medizin mit Brühe oder Eigelb. Später schleckte er sie tropfenweise ohne Beigabe.

Ihm schmeckte alles. Von Tag zu Tag wurde er kräftiger. Das Medikament wirkte rasch, der Schnupfen ging zurück, das Fieber wich und nach einer Woche hätte ihn nichts und niemand mehr in der kleinen Kammer halten können.

Neugierig und erwartungsvoll kam er die Treppe herunter, behende wie ein Eichhörnchen, dem er auch sonst ähnlich sah, und mischte sich mit größter Unbefangenheit unter unsere Katzen, die ihn verblüfft akzeptierten.

Noch waren seine Augen blau und die Zahl seiner Lebenswochen höchstens zehn, aber schon galt er als kleiner Hahn im Korb. Wir hatten lange keinen Kater mehr gehabt. Friederike, die ihn besonders liebte, nannte ihn Robin Rotkopf.

Des anhaltend schönen Wetters wegen hielten wir uns meist draußen auf, wo alles grünte und blühte und die Petunien aus Kästen und Körben quollen.

Wandersleute in Kniebundhosen stapften vorbei; Kirstin verlängerte ihren Aufenthalt um eine Woche; die ersten Mähmaschinen ratterten durch die Wiesen, gefolgt von der eifrig spähenden Milan-Familie; die Hunde lagen schläfrig auf den Gartenwegen. Der Himmel blaute, es roch Tag und Nacht nach frisch geschnittenem Gras, und die Kühe jenseits des Zaunes ließen sich die gesenkten Stirnen kraulen. Ein Eifelsommer kann berauschend schön sein.

Darüber unterhielten wir uns gerade, als hinter einer Radlergruppe die einsame Gestalt Frau Engelhards auf-

tauchte, nicht etwa in der Gartenschürze, sondern in einem adretten Kostüm, was mich dumpf verwunderte, denn wohin wollte sie, wenn nicht zu uns?

Friederike und Kirstin hockten auf der Haustreppe, ich zupfte die welken Blüten aus den Petunien, die Hunde tobten gegen den Jägerzaun, und Frau Engelhard blieb stehen, um mich anzusprechen.

Bonnie beruhigte sich sofort, Torro kläffte noch minutenlang weiter. Frau Engelhard lächelte unsicher und wartete, bis er schwieg.

Ihr sei, sagte sie schließlich, eine kleine Katze abhanden gekommen, rot-weiß gemustert, vor genau zwei Wochen. Sie habe gehört, daß wir ein Katzenjunges gefunden hätten, und ob sie es vielleicht einmal sehen dürfe. Ihr liege sehr viel daran.

Friederikes Gesicht verschloß sich, während Frau Engelhard in überraschender Mitteilsamkeit erzählte, das Kätzchen stamme aus dem Frühjahrswurf des großen Hofes vom prächtigen rot-weißen Kater, sie habe es sich selbst ausgesucht. Lissie, ein weibliches Tier, denn die seien bekanntlich anhänglicher.

Ich kreuzte die Arme vor der Brust und scharrte im Kies des Weges wie ein Pferd, warf einen Seitenblick auf Friederike und begann mit einer umständlichen Erwiderung.

Wir hätten zwar ein Kätzchen gefunden, rot-weiß gemustert. Es sei sehr krank gewesen und inzwischen gottlob so gut erholt, daß es draußen herumschwirre. Ich wisse nicht genau, wo. In jedem Fall aber sei es ein Kater.

Friederike starrte finster auf ihre Sandalen.

Frau Engelhards Stimme, als sie wieder sprach, zitterte. Ihr Tier sei nicht krank gewesen, sondern, ganz im Gegenteil, das Leben selbst. Vor zwei Wochen sei sie, was selten vorkomme, für ein paar Tage verreist und Lissie in der Obhut ihres Bruders geblieben. Der konnte sich nicht erklären, was passiert war. Jedenfalls fehlte jede Spur von Lissie, als sie heimkehrte.

Es treffe sie deshalb besonders hart, fuhr Frau Engelhardt mit brüchiger Stimme fort, weil sie sich schon lange eine Katze versagt habe, nachdem ihr dreimal eine abhanden gekommen, gestorben oder überfahren worden sei. Lissie sei nach Jahren der erste Versuch, den sie gewagt habe, denn sie hätte Katzen gern und hänge an ihnen.

Nun, das konnte ich verstehen.

Ich sah mich nach den Mädchen um.

Friederike saß wie angewachsen und machte keine Anstalten, Robin Rotkopf suchen zu gehen. Aber Kirstin stand auf, schüttelte ihren Rock und verschwand im hinteren Teil des Gartens, wo, wie ich sehr wohl wußte, sie Robin Rotkopf nur aus dem von ihm bevorzugten alten Obstbaum zu pflücken brauchte.

Tränen standen in Frau Engelhards Augen, als sich seine weißen Vorderpfötchen spielerisch um ihren Zeigefinger schlossen.

»Lissie«, schluchzte sie, »das ist meine Lissie!«

»Aber es ist ein Kater«, wandte Friederike von der Treppe her störrisch ein.

Ich gedachte der vielen Irrtümer, die mir und anderen in diesem Punkt unterlaufen waren und äußerte mich nicht dazu.

Robin Rotkopf indessen strebte von ihrem Arm bereits energisch wieder auf den Boden, schlüpfte zwischen Kirstins Füßen hindurch zu Friederike hinüber, die ihn, daran gab es keinen Zweifel, am liebsten versteckt hätte.

Die Wiedersehensfreude erstarb in Frau Engelhards Zügen. »Es ist einwandfrei mein Tierchen«, sagte sie mit einem Unterton von bitterer Enttäuschung in der bebenden Stimme, »aber wenn es jetzt hierher gehört und hier bleiben will, dann – nein, dann verzichte ich –«

Das brachte Friederike endlich auf die Füße.

Abwechselnd mit Kirstin trug sie Robin Rotkopf hinauf zu Frau Engelhards Haus, die Mühe hatte, ihnen zu folgen, und mir das Geld für den Tierarzt aufdrängen wollte. Ich wußte nicht einmal mehr genau, wieviel das gewesen war, und so blieb dieser Punkt offen.

Während der nächsten Tage fehlte uns der kleine Flederwisch schmerzlich.

Im Winter zuvor hatte uns Möhrchen verlassen, wenn auch unter anderen Vorzeichen, und Miß Lucie war gestorben. Jetzt, da er fort war, wußten wir, daß Robin Rotkopf uns über diese Verluste hinweggetröstet hatte.

Der Gedanke, er könne jemand anderem gehören, war uns keine Minute lang gekommen.

Besonders Friederike trug schwer daran.

Tagelang klebte sie an der Fensterscheibe in der uneingestandenen Hoffnung, Robin Rotkopf kehre aus freien Stükken zu uns zurück. Aber nichts dergleichen geschah.

Eine Weile blieb er unsichtbar.

Dann tauchte er neben Frau Engelhard auf, wenn sie im Garten arbeitete. Er durchstreifte Blumen und Gräser, kletterte geschickt auf Obstbäume und entfernte sich nie weiter als ein paar Meter von ihr.

Er wuchs zu ihrem trauen, anhänglichen Begleiter heran und wurde noch prächtiger als sein Vater.

Er hatte ein stets frisch eingestreutes Katzenklo für sich allein, bekam sorgfältig ausgewogenes Futter und liebte die frische Kuhmilch, die Frau Engelhard eigens für ihn täglich vom großen Nachbarhof holte.

All dies erfuhren wir in regelmäßigen Abständen von Frau Engelhard, denn unsere Beziehungen waren ab sofort in ein neues Stadium getreten.

Da ich mit der Tierarztrechnung nicht herausrücken mochte, erhielten wir zwei Flaschen Sekt.

Körbe voll Gemüse und Obst standen stets für uns bereit, und Frau Engelhard wurde eine meiner treuesten Leserinnen.

Im darauffolgenden Frühjahr verreiste ich für drei Wochen. Als ich zurück kam, war Robin Rotkopf tot.

Er lag überfahren auf dem Bahngleis.

Es wollte mir nicht in den Kopf. Katzen reagieren wie Seismographen. Sie spüren sogar Erdbeben voraus. Wieso hatte er, auf den Schienen balancierend, wie es leider auch Emily oft tat, das Heranfahren des Zuges nicht bemerkt? Er hätte beim ersten Vibrieren der Gleise flüchten müssen. Bis heute ist es mir ein Rätsel.

Wir alle weinten um ihn, am meisten Frau Engelhard, die sich wieder einmal in der tristen Annahme bestärkt sah, ihr sei keine Katze vergönnt. Ratlos und fröstelnd standen wir im Vorfrühlingswind auf der Straße.

Mein Widerspruch klang nur schwach und halbherzig.

Wer weiß, vielleicht war etwas dran an ihren tiefgründigen Zweifeln? Vielleicht gab es dunkle Mächte, die dagegen waren, daß sich Mia Engelhard Katzen hielt?

Ich sprach mit Friederike darüber, die unwillig den Kopf schüttelte und der Überzeugung Ausdruck gab, Frau Engelhard würde sich im Frühling wieder ein rot-weißes Kätzchen vom Nachbarhof holen.

Das glaubte ich nicht.

Und in der Tat: Frau Engelhard holte sich im Frühjahr kein rot-weißes Kätzchen vom Nachbarhof.

Vielmehr lockte sie mit viel Mühe und Geduld zwei scheue Katzenkinder aus einer verfallenen Scheune in ihren Garten, in ihren Hof und schließlich in ihr Haus.

Diesmal, ohne daß eine Auswahl getroffen werden konnte, waren es zwei weibliche Tiere, hellgrau-weiß, mit runden Augen und süßen Koboldgesichtern: Minka und Pussy.

Eine von ihnen, nämlich Pussy, war dazu bestimmt, auch unser Leben zu bereichern. Aber das wußten wir damals noch nicht.

8. KAPITEL

Ein einseitig begabter Kater

Auch ein kleines, argloses Kuscheltier, das keine Maus fängt und vor großen Vögeln flüchtet, kann spezielle Fähigkeiten entwickeln. Man nehme nur unseren Foncho.

Nach der ersten Hitze, so lautet die tierärztliche Auskunft, sollte die Sterilisation einer Katze erfolgen; nach Möglichkeit nicht vorher, weil sich die weiblichen Organe erst ausbilden müssen. Einen genauen Zeitpunkt nennt einem niemand, weil der von Katze zu Katze verschieden ist.

Manch eine ist schon mit sechs Monaten reif zur Fortpflanzung, andere brauchen acht Monate oder gar ein ganzes Jahr.

Und was heißt: nach der ersten Hitze?

So genau läßt einen das auch die unbefangenste, vertrauteste Katze nicht wissen.

Sobald ein kleines, possierliches Katzenmädchen das Haus verläßt, finden sich nach und nach von fern und nah die Kater ein, stellen sich vor, machen sich bekannt und halten sich empfohlen.

Das Katzenmädchen freut sich über die allgemeine ihm dargebrachte Aufmerksamkeit, ziert sich, weicht erschrokken seitwärts aus, kommt wieder zum Vorschein, läßt sich ein Stück weit weg locken, folgt diesem oder jenem zaghaft zuerst, dann mit zunehmendem Interesse und kehrt meist nach kurzer Zeit nach Hause zurück.

Bis der Mensch begriffen hat, daß aus dem harmlosen Getändel seines verspielten Kätzchens Ernst geworden ist, dürfte es in der Regel schon zu spät sein. Wenn das Katzenmädchen sich zurückzieht, den Katern keinen Blick mehr gönnt und sie leise fauchend in ihre Schranken verweist, ist es längst schwanger.

Das, was der Tierarzt die erste Hizte nennt, ist verflogen,

und nicht selten steht die Katze bereits kurz vor der Nieder-
kunft, wenn man endlich einen Sterilisationstermin verein-
bart hat.

Sechsundfünfzig bis sechzig Tage trägt die Katze beim ersten Wurf. Später verkürzt sich die Schwangerschaft um einige Tage.

Eine hochtragende Katze noch operieren zu lassen, ist
ein grausam kompliziertes Unternehmen, von dem man absehen sollte. In diesem Zusammenhang möchte ich eine
Binsenweisheit entlarven, die noch immer in vielen Köpfen
herumspukt.

Eine Katze hat sieben Leben, sagt der Volksmund.

Im Klartext heißt das, Katzen seien nicht tot zu kriegen.
Sie hielten mehr aus als andere Lebewesen, nichts könne
ihnen etwas anhaben.

Das ist barer Unsinn und gehört in jene Ecke, wo gemun-
kelt wird, schwarze Katzen brächten Unglück.

Dumme Sprüche dieser Art sind überliefert aus finsteren
Zeiten, da Katzen und Frauen gleichermaßen verfolgt, der
Hexerei bezichtigt, dem Scheiterhaufen überantwortet, er-
tränkt und gekreuzigt wurden.

Das ganze Mittelalter ist voll von Grausamkeiten gegenüber Mensch und Kreatur, angeordnet und abgesegnet von
Vertretern der Kirche, die den Geschöpfen Gottes mehr
schuldig geblieben ist, als sie jemals wiedergutmachen
kann.

Daran ändert auch der heilige Franz von Assisi nichts,
der gern als Alibi mißbraucht wird. Er war eine Ausnah-
meerscheinung, und keinen einzigen wüsten Inkrimations-
fall hat er verhindern können.

Halten wir an dieser Stelle erstens fest:

Katzen haben nur ein Leben, um vieles kürzer als unser

eigenes und genauso bedroht wie das jeder anderen Kreatur durch Krankheit, Umweltschmutz, Straßenverkehr, Gedankenlosigkeit und Experimentiersucht.

Zweitens: Schwarze Katzen, die unseren Weg kreuzen, bringen so wenig Unglück wie weiße Wolken am Himmel.

Und damit komme ich zurück auf Mia Engelhard, die ein trauriges Lied zu singen wußte über Katzenkurzlebigkeit.

Von unserer lebhaften Anteilnahme begleitet setzte mit Minka und Pussy endlich eine gute Phase ein, aber man mußte natürlich auf der Hut sein.

Minka verwarf den ersten Wurf im zarten Alter von sechs oder sieben Monaten und wurde danach problemlos sterilisiert. Pussy ließ sich etwas länger Zeit, nämlich bis zum frühen Sommer, um vier gesunden Kindern das Leben zu schenken. Scheu von Natur, jedem Trubel abhold, mißfiel Pussy das allgemeine Interesse am frohen Ereignis so sehr, daß sie die Kleinen ins Dachgebälk des Schuppens schleppte, wo sie garantiert unerreichbar waren.

Von meinem Küchenfenster aus sah ich Mia Engelhard gelegentlich auf einer Leiter stehen, die an den Schuppen gelehnt bis zum Dach reichte. Jedoch, wie sie mir bekümmert mitteilte, als ich Schnittbohnen, Kohlrabi und knackiges Suppengrün bei ihr abholte, an die Kleinen heranzukommen war unmöglich.

»Ich will nicht, daß sie verwildern«, sagte Mia, eingedenk der Schwierigkeiten, die es bereitet hatte, Minka und Pussy heimisch zu machen.

»Ich teilte diese Sorge nicht. Meiner Ansicht nach würden die vier munteren Katzenkinder in absehbarer Zeit von allein den Weg nach unten finden auf die besonnten Gartenwege und – last not least – an die stets reichlich gefüllten Futternäpfe.

Frau Engelhard gab der Hoffnung Ausdruck, daß ich recht behielte und versprach, uns sofort Bescheid zu geben, wenn es soweit war.

Wir hatten nämlich insofern ein vitales Interesse an Pussys Kindern, als wir übereingekommen waren, zwei davon zu nehmen. An zweien hat man allemal mehr Vergnügen, und ein einzelnes hätte sich in unserer selbstbewußten Katzengesellschaft vielleicht nur mühsam eingegliedert.

Außerdem hatten wir im frühen Frühjahr einen herben Verlust erlitten. Bonnie, unsere rührend liebe Collie-Hündin war – nur achtährig – an Knochenkrebs gestorben. Die Lücke, die sie hinterließ, war so groß und trostlos, daß wir uns ganz verarmt vorkamen.

Der Gedanke, Frau Engelhard um zwei ihrer insgesamt sechs Tiere zur erleichtern, lag daher nahe.

Wie es im Leben oft geschieht: Nachdem Mia jahrelang getrauert und gedarbt hatte, bereitete ihr nun der Katzenreichtum Kopfzerbrechen.

Unser Angebot begrüßte sie auch deshalb besonders freudig, weil sie von vorneherein entschlossen war, die Kleinen nur paarweise abzugeben, damit sie aneinander Gesellschaft hätten. Die Erfahrung mit Minka und Pussy hatte sie gelehrt, daß zwei aus einem Wurf wirksamer seßhaft werden.

Wir sprachen fast täglich über diese und andere Beobachtungen, und Mia Engelhard war durchaus damit einverstanden, die Kleinen so lange wie möglich Pussys und Minkas liebevoller Betreuung zu überlassen. Mutterkatzen sind die besten Lehrmeisterinnen. Was die Kinder nicht von ihnen lernen, das lernen sie nie. Ausnahmen bestätigen die Regel.

Nach allem, was ich mit Jungtieren erlebt und gesehen habe, und das schließt nicht nur Katzen, sondern auch

Hunde und Ponies ein, wirkt sich eine zu frühe Abkoppelung von Mutter und Geschwistern immer negativ aus. Man sollte es sich und dem Tier ersparen.

Pussys Kinder mochten vier Wochen alt sein, als Frau Engelhard anrief, die ganze Gesellschaft habe sich im Schuppen eingefunden und könne besichtigt werden.

Es war Hochsommer.

Meine Schwester aus Mittelamerika weilte zu Besuch, und wenn es eine Attraktion gibt, der sie nicht widerstehen kann, dann ist es ein Wurf junger Katzen.

Wir ließen alles stehen und liegen, achteten darauf, daß Nelly mit uns hinausging, und sperrten Torro zu seinem Kummer ins Büro. Ihn mitzunehmen war wegen Minka und Pussy nicht ratsam, da sie sich vernünftigerweise vor Hunden fürchteten und in Sicherheit brachten.

Der Tag war so heiß gewesen, daß die Flickstellen im Asphalt unserer schmalen Straße Blasen warfen.

Nelly, die uns begleitete, blieb am Engelhardschen Gartenzaun respektvoll stehen und drehte nach längerer Überlegung zu Windmöllers Schuppen ab.

Frau Engelhards Garten stand in voller Pracht, und selbst im Hof, dort, wo das schöne, alte Kopfsteinpflaster Lücken ließ, zog sie noch Blumen.

Sie erwartete uns vor der Haustür und führte uns durch die riesige, mit Brennholz gefüllte Scheune an die Rückseite des Hauses. Am Schuppen lehnte immer noch die Leiter.

Auf ihren Sprossen saßen Minka und Pussy und wandten uns erschrocken die süßen, weißen Koboldgesichter zu.

Minka blieb sitzen. Pussy erhob sich mißtrauisch.

Im Schuppen purzelten vier grau getigerte Katzenkinder durcheinander. Auf den ersten Blick sahen sie alle gleich aus. Aber wenn man sich an das Dämmerlicht gewöhnt und sie eine Weile betrachtet hatte, bemerkte man deutliche Unterschiede.

Fest stand, daß es drei Kater waren und ein Kätzchen, das zu nehmen ich blindlings bereit war, um Frau Engelhard eine dritte Sterilisation binnen eines einzigen Jahres zu ersparen.

»Welches ist das Mädchen?« fragte ich leise.

»Das dunkle«, erwiderte Frau Engelhard, »es hält sich immer abseits und für sich.«

Wir sahen fasziniert zu, wie alle vier unbefangen herumtollten, den eigenen Schwänzchen nachjagten, auf den Hinterbeinchen tänzelten und in einem plötzlichen Anfall von Körperpflegebewußtsein eifrig ihre Fellchen zu glätten begannen. Dann sanken drei von ihnen um und fielen in Tiefschlaf, wobei sie so dicht beieinander und übereinander lagerten, daß sie einen kleinen, pelzigen Hügel bildeten. Das vierte saß in der Ecke, wusch sich sorgsam Gesicht und Öhrchen und rollte sich erschöpft zusammen, abseits des Hügels, allein.

»Das ist das Mädchen«, raunte Frau Engelhard.

Durchs Fenster strich Pussy herein, ignorierte uns, beugte sich kurz mit bebenden Schnurrhaaren über ihre schlafende Tochter und gesellte sich zu ihren Söhnen, die sie mit geschlossenen Augen laut schnurrend freudig begrüßten.

Das Töchterchen blieb, wo es war, eine Einzelgängerin von Geburt an.

Eine Wahl unter den Katern zu treffen, fiel schwer.

Ich versuchte herauszufinden, welcher Frau Engelhard am liebsten war, denn den wollte ich ihr auf jeden Fall lassen. Aber noch während wir von draußen durchs Fenster hineinspähten, um Pussy nicht zu stören, begann es heftig zu regnen, und wir flüchteten.

Frau Engelhard führte uns über das schöne, alte Fliesenmuster ihres Hausflurs ins Wohnzimmer, wo üppiges Grün in tiefen Fensternischen rankte und man Licht machen mußte, weil es draußen plötzlich stockdunkel wurde.

Es war auffallend kühl im Haus, das mit seinen armdikken Mauern Sommerhitze und Winterkälte abwehrt und wie manches Eifler Bauernhaus bei aller Bescheidenheit den Charakter einer Trutzburg besitzt.

Wir nahmen auf hochlehnigen Stühlen am matt glänzenden großen Tisch Platz, umweht von einer gewissen Feierlichkeit, und sahen uns binnen weniger Minuten mit Bergen von Salzgebäck, funkelnden Gläsern und einer Flasche edlen Cognacs konfrontiert.

Draußen rauschte der Regen.

Drinnen bedienten wir uns so reichlich mit Gebäck, als hätten wir seit Tagen nichts gegessen. Jede von uns redete wie ein Wasserfall, während Frau Engelhard sich zu erkundigen versuchte nach El Salvador, wo meine Schwester seit einem Vierteljahrhundert zu Hause ist.

Zwischendurch kreiste die Cognacflasche über unseren Gläsern, und es kam, wie es kommen mußte:

Gegen sieben Uhr abends, als es nur noch nieselte, schwankten wir Arm in Arm die Dorfstraße hinunter. Ich glaube, wir sangen zweistimmig.

Die Frage, welches der drei Katerchen wir nehmen würden, schien uns lächerlich einfach zu beantworten: irgendeines.

Gemäß meinem Grundsatz warteten wir die neunte Woche ab, bis wir – diesmal nur zu zweit, nämlich Friederike und ich – zu Frau Engelhards Trutzburg hinaufstiegen.

Die Septembersonne malte goldene Kringel auf den Gartenweg. Hinter der offenen Schuppentür bildeten Pussys Söhne eine lebende, warme Schlafkugel.

Das Töchterchen vergnügte sich, allein wie immer, mit den Zipfeln eines Kartoffelsacks.

Es war fast ganz schwarz und wies nicht die geringste Ähnlichkeit mit seiner Mutter und seiner Tante Minka auf.

Ich hatte beschlossen, es Lara zu nennen. Eine ferne Erinnerung an meine Miß Lucie streifte mich, wenn ich es so für sich allein herumspielen sah, und es schien mir richtig, daß die beiden den Anfangsbuchstaben ihres Namens gemeinsam haben sollten.

Das Katerchen nahmen wir blindlings und unbesehen.

Friederike hob es sanft aus dem pelzig warem Dunstkreis seiner Brüder und bettete es sich auf den Unterarm. Es blinzelte schläfrig, schnurrte laut und schlief weiter. Im Hinblick auf meine Schwester und ihren spanischen Sprachraum erhielt es den Namen Alfonso, abgekürzt Foncho.

Frau Engelhard tupfte sich die Abschiedstränen aus den Augen, als wir uns, diesmal ungesäumt, auf den Heimweg machten.

Man weiß zwar nie im voraus, wie neue Gefährten in einer festgefügten Tiergesellschaft aufgenommen werden, aber je jünger und hilfloser sie sind, um so leichter haben sie's im allgemeinen.

Mit Laras und Fonchos Eintritt wurden unsere kühnsten Hoffnungen übertroffen.

Es gab nicht die geringsten Anpassungschwierigkeiten.

Eine liebevollere, zärtlichere Aufnahme hätten sie sich nicht wünschen können. Das lag natürlich auch an ihnen, besonders an Foncho, der sich an alles schmiegte, was ihm begegnete. Selbst dem verblüfften Torro preßte er sich zwischen die Vorderpfoten.

Emily breitete sich sofort aus wie eine Glucke, um beide in ihr weiches, weißes Bauchfell zu betten, wo derart junge Katzenkinder ihrer Ansicht nach nun einmal hingehörten.

Wir hielten die Luft an, als Nelly abends heimkam und ihren Stammplatz besetzt sah. Aber sie gesellte sich einfach dazu, legte ihrer Mutter eine Pfote um den Hals und machte es sich bequem, ohne die Kleinen abzudrängen.

In dieser Zusammensetzung findet man sie auch heute noch, drei Jahre danach, auf Sesseln, Sofas und Gartenstühlen, miteinander, übereinander gelagert, schläfrig blinzelnd, leise vor Behagen schnurrend, ein vierköpfiges Katzen-Stilleben.

Lara gelang es anfangs nur selten, sich abzusetzen und eigene Wege zu gehen, aber sie strebte es doch immer wieder an. Foncho dagegen, dunkelgrau getigert, mit gelblichem Schimmer ums Schnäuzchen und gleichfarbigen Augen, machte vor nichts und niemand halt.

Bis heute klettert er an uns hoch und setzt sich uns unters Kinn, wenn wir es versäumen, in die Knie zu gehen und ihn zu hätscheln.

Mit Nina strich er Rücken an Rücken durchs hohe Gras und verharrte stundenlang reglos, wie sie es zu tun pflegt, vor einem hoch aufgeworfenen Maulwurfshügel.

Als er zwei Tage bei uns war, sah ich, wie er sich an Jüli heranpirschte, die unnahbar wie immer in der Sonne auf der Bank lag und schlief.

Er grub ihr sein Schnäuzchen mit fordernder Selbstverständlichkeit ins Halsfell und erstarrte, weil aus den Tiefen ihres federleichten, trainierten Körpers warnende Brumm-

töne kamen, die er in seinem kurzen, umhegten Leben nie gehört hatte und erst deuten lernen mußte.

Jülis Verlangen nach Zweisamkeit ist denkbar schwach ausgeprägt. Soviel wir wissen, stammt sie väterlicherseits von den in den Eifelwäldern raren Wildkatzen ab, und auch ihre magere, zähe, eigenständige Mutter hatte sich stets nur aufs Wesentliche beschränkt: Nahrung und Arterhaltung.

Jüli, nach dem Tod ihres Bruders Speed, ist auf sehr verhaltene, jedoch deutlich erkennbare, rigorose Weise nur zwei Wesen auf dieser Welt zugetan: Friederike und mir. Alle Tiere des Hauses begriffen das instinktiv und hielten den von ihr gewünschten Abstand.

Nur dem törichten kleinen Foncho fehlten die Antennen. Immer noch saß er wie erstarrt. Dann, im Zeitlupentempo ließ er sich dicht an ihrer Seite nieder. Er konnte es offenbar nicht ertragen, jemanden in seiner Nähe zu wissen, der ihm nicht in Liebe ergeben war.

Jüli öffnete unwillig ein grünes Auge, schloß es resigniert wieder – und duldete ihn.

Nachdem er auch diese letzte Festung erobert hatte, war er seiner Sache sicher, allüberall willkommen zu sein.

Die einzige, die ihn gelegentlich abwies, war seine Schwester. Dann ruhte er nicht, bis er sie versöhnt hatte, leckte ihr die kleine schwarze Stirn, hob sanft ihr Schnäuzchen und striegelte sie unterm Kinn, glättete ihr Rückenfellchen und rollte sich erst erleichtert zusammen, wenn sie ihm die spitzen Öhrchen säuberte.

Beide waren und blieben äußerst kleinwüchsig und ließen uns daher leicht vergessen, daß sie älter wurden.

Gegen Ende des ersten Lebensjahres ließ es sich jedoch nicht länger leugnen, daß Foncho zum aktiven Kater herangereift war. Er stieg allen verfügbaren Katzen nach, holte sich bei Nelly und Emily eine Abfuhr nach der anderen und schwängerte sein Schwesterchen.

Lara tat sich äußerst schwer damit und verwarf, gleich ihrer Tante Minka den ersten Wurf. Zu einem zweiten ließen wir es nicht mehr kommen. Sobald sie wieder gesund war, wurde sie sterilisiert.

Foncho dagegen, in der ihm eigenen nachtwandlerischen Sicherheit, besprühte nach wie vor alles, das sich ihm bot: Wände, Türen, Treppengeländer, sogar Friederikes Jeans und meine Schuhe.

Hemmungslos und verschwenderisch von Natur, ließ er nichts aus, und unsere alten Katzen wiesen ihn immer nachdrücklicher ab. Sein penetranter Duft erfüllte bereits das ganze Haus, als wir uns schweren Herzens dazu entschlossen, ihn kastrieren zu lassen.

Im Vergleich zu Laras Sterilisation war das ein geringfügiger Eingriff, und wir wußten eigentlich nicht, warum wir so lange gezögert hatten.

Am Tag vor dem Tierarzt-Termin fuhr Frau Engelhard mit uns in die Stadt.

Friederike setzte sich ans Steuer der Ente, Frau Engelhard stieg auf den Beifahrersitz, und Foncho sprang auf die Motorhaube. Das Auto war sein liebster Tummelplatz. Davon zeugten deutlich die Kratzspuren auf dem Verdeck und die Abdrücke seiner Pfoten bei Regenwetter.

Bei Sonnenschein, wenn die Ente offen vor der Haustür stand, sah man auf ihren Polstern das vorher erwähnte vierköpfige Katzenstilleben.

An diesem Tag gab Foncho eine Sondervorstellung für Frau Engelhard.

Bevor Friederike aussteigen und ihn von der Haube

scheuchen konnte, drehte er ihr und der fassungslosen Mia Engelhard sein Hinterteil zu und besprühte, solange er konnte, gründlich und flächendeckend die Windschutzscheibe.

»Warte nur«, grollte Friederike, die ins Haus gehen und Wasser und Lappen holen mußte, weil die Scheibenwaschanlage nicht funktionierte, »morgen hast du ausgesprüht, Foncho!« Und so geschah es.

Am Vormittag des nächsten Tages wurde er kastriert und gegen Mittag wieder abgeholt.

Er war noch etwas taumelig, aber bei Bewußtsein.

Sein Blick aus gelben Augen schien aus weiter Ferne zu kommen. Kaum aus dem Korb gehoben, versuchte er, die ihm so lieb gewordene Tätigkeit wieder auszuüben, hielt inne und sah uns mit wehem, hilflosem Ausdruck fragend an.

»Was nun?« fragte sein ratloser Blick.

Sein Jammer griff uns ans Herz.

Er war weiß Gott nicht der erste Kater, den wir kastrieren ließen, aber er war der einzige, der uns darob in der Seele leid tat.

Bis heute hat er den wiegenden Gang des vielbeschäftigten Katers, dem es obliegt, Generationen zu zeugen, und bis heute zeigt er dabei den wehen, hilflosen Ausdruck, der uns glauben läßt, es fehle ihm etwas Wesentliches.

Oder zumindest bilden wir uns das ein.

Seine Anhänglichkeit, Arglosigkeit und Vertrauensseligkeit sind unerreicht und grenzen manchmal ans Trottelhafte. Andererseits hat er eine Begabung entwickelt, die mir vorher nur bei einem seiner Artgenossen begegnet ist:

Foncho hat einen technischen Vorgang durchschaut.

Er weiß, wie man Türen zum Öffnen bringt.

Er begreift, daß es nicht genügt, daran herumzukratzen. Die Klinke muß niedergedrückt werden.

Das ist der Trick.

Foncho beherrscht ihn inzwischen perfekt. Er ist ein Meister dieses Fachs geworden und wird von den andern wohl des öfteren dazu aufgefordert. Denn der Wunsch, einen Raum nach Belieben zu betreten oder zu verlassen ist bei allen Katzen stark ausgeprägt. Aber nur die wenigsten sind imstande, sich diesen Wunsch selbst zu erfüllen.

Foncho, wie gesagt, kann es.

Ihm dabei zuzusehen ist ein Vergnügen besonderer Art. Klein und unsportlich, wie er ist, springt er nicht etwa auf die Klinke, nein. Mürrisch und mühselig hangelt er sich am Türrahmen hoch, umarmt mit beiden Vorderpfötchen die Klinke und läßt sich mit baumelnden Hinterpfötchen so lange hängen, bis sie sich senkt. Dann rutscht er im Zeitlupentempo auf den Boden.

Durch die spaltweit offene Tür tritt er mit Siegermiene, wiegendem Gang und hoch erhobenem Schweif.

Ihm folgt stets freudig bewegt die ganze Katzengesellschaft. Keine außer ihm beherrscht den Trick, nicht einmal Nelly, die doch sogar Kühlschränke zum Aufklappen bringt.

Ansonsten sind Foncho keine Fähigkeiten nachzurühmen.

Er ist ein Fall von einseitiger Begabung, und in der Folgezeit hätten wir ihm von Herzen andere Fähigkeiten gewünscht. Denn seine fast instinktlose Harmlosigkeit, die träumerisch-trügerische Sicherheit in Verbindung mit seinem technischen Know-How sollten ihm eines Tages um ein Haar zum Verhängnis werden.

9. KAPITEL

Das Mißverständnis

*Die oft zitierte Feindschaft zwischen Hunden
und Katzen, so hörte ich unlängst, beruhe auf
einem Mißverständnis.
Während der Hund mit Schweifwedeln stets
freundliche Absichten signalisiert, wedelt die
Katze nur dann, wenn sie wütend ist.*

Seit jener längst vergangenen kalten Winternacht, da Torro der Erste bei uns Zuflucht suchte und von meiner heiklen, verwöhnten, ungeselligen Miß Lucie geduldet wurde, fühlte ich mich dem Gerede über die Unverträglichkeit von Hund und Katze überlegen.

Schließlich war Torro, das schwarze Energiebündel, ein Hund, nicht wahr, und Miß Lucie mit der schönen schwarzweißen Scheitelzeichnung über der Stirn war eine Katze.

Zwar liebten die beiden einander nicht überströmend, und nie sah ich sie etwas gemeinsam unternehmen. Aber ihr Zusammenleben war von Harmonie gekennzeichnet, nicht von Problematik.

Mein Eindruck, daß Hund und Katze sehr wohl miteinander auskommen können, verstärkte sich bei der Vorbesichtigung unseres ersten Eifel-Domizils, wo Wolfi, der alte, als Höllenhund verschriene Schäferhundmischling zusammen mit Pussi, der zähen, energischen Katzenmutter und einigem Nachwuchs in trauter Gemeinschaft hauste.

Sie teilten sich das unregelmäßig verabreichte Futter und die Schlafplätze in der Scheune, und eine auffallend freudige Begrüßung erfolgte jedesmal, wenn sie sich eine Weile nicht gesehen hatten. Die Katzen liefen mit hoch erhobenen Schwänzen auf Wolfi zu, der sie in seiner Altersblindheit erst gar nicht erkannte, und sie strichen ihm immer wieder um die vergreiste Schnauze, während er ungelenk hinter ihnen hertappte.

Als wir Haus und Hof mitsamt dem lebenden Inventar

übernahmen, wechselten Wolfi und die Scheunenkatzen ins Haus über. Fortan ließ er seine unbeholfene Zuneigung auch den neuen, von uns mitgebrachten Tieren zukommen.

Neugeborene Katzenkinder waren ihm besonders teuer. Er bewachte sie mit einem Pflichteifer, daß selbst die Katzenmutter Mühe hatte, ihn von ihren guten Absichten zu überzeugen.

Wolfis treues Herz schlug für die gesamte Kreatur. Selbst den Schildkröten, die er gelegentlich in der Jugendherberge stahl, tat er nichts zuleide. Er liebte sie, wie er auch die Katzen liebte.

Übertroffen wurde seine Hingabe nur noch von Bonnie, der letzten Tochter, die er mit einer Collie-Hündin in der Nachbarschaft zeugte. Sie sah aus wie ein junger Panda-Bär, als sie im Alter von acht Wochen unserem Tierkreis einverleibt wurde, der in jenem Sommer auch einen Wurf Kätzchen enthielt. Bonnie schloß sich glücklich allem und jedem an und widmete sich später jedem Katzenkind mit der gleichen mütterlichen Zärtlichkeit, die sie ihren eigenen Jungen zukommen ließ. In ihrem Fall waren die Voraussetzungen allerdings auch besonders günstig.

Anders bei Torro dem Zweiten, der erst im Lauf seines von massiven Störungen und Wechselfällen bedrohten ersten Lebensjahres zu uns stieß.

Aber wie eigensinnig und fordernd er auch sein mag, die Katzen hat er von allem Anfang an toleriert. Er traut ihnen nicht ganz über den Weg, ist irritiert, wenn sie keck mit seinen Stirnfransen spielen, und räumt knurrend so manchen Platz, den sie ihm streitig machen. Man kann sich fest darauf verlassen, daß er ihnen nichts tut, auch wenn er ein paar Stunden mit einigen oder mit allen allein bleibt.

Diese guten Erfahrungen haben mich fast übermütig werden lassen, wenn auch nicht weltfremd. Ich weiß natürlich, daß es in bestimmten Hunderassen Katzenjäger gibt. Ein kleiner Jagdhund hat den Kater eines Nachbarn kürzlich schwer verletzt, und der Boxer eines alten Bekannten duldet keine Katze in der Nähe.

Aber in solchen Fällen war ja auch kein Zusammenleben programmiert, ganz im Gegenteil. Nicht selten hetzt der Mensch seinen Hund auf alles, was sich bewegt.

Bei uns dagegen herrschte stets eitel Sonnenschein. Besucher konnten sich nicht genug wundern über die Eintracht unter unseren Tieren. Simon kampierte vorübergehend mit zwei ungebärdigen, jungen Schäferhunden bei uns, ohne den Frieden zu stören, und meine Überlegenheit schwoll mächtig an.

Indessen: Man lebt und lernt, und Hochmut kommt bekanntlich vor dem Fall.

Kurz nachdem Foncho und Lara in unser Leben getreten waren, entschloß ich mich zum Kauf eines größeren Anwesens fluß- und bahnaufwärts in Richtung Belgien, dort, wo die Vulkan-Eifel in die Schneeeifel übergeht.

Es handelte sich um ein ausgedientes Bahnwärter-Zwillingshaus der Art, wie sie alle paar Kilometer entlang der Strecke Köln-Trier vor ungefähr siebzig Jahren erstellt wurden. Zwei Wohneinheiten verteilen sich über zwei Stockwerke, und zu jeder gehört ein Schuppen fürs Brennmaterial und ein Stall für Kleintierhaltung, ohne die man als Streckenwärter in der Eifel vor siebzig Jahren vermutlich verhungert wäre. Aus dem gleichen Grund schließt sich an jeden Hausteil ein Garten an und ein Stück Wiese.

Das von mir ins Auge gefaßte Anwesen verfügte daher über insgesamt zweieinhalbtausend Quadratmeter Wiesen-,

Garten- und Hofgelände mit schönem, altem Baumbestand in absoluter Alleinlage unterhalb eines Hanges, abseits der Straße.

Für uns war es attraktiver als andere, in zentraler Dorflage befindliche Objekte, zumal man trotz wohltuendem Abseits Metzger, Bäcker und Aldi-Markt in zehn Minuten erreichen kann – zu Fuß, wohlgemerkt.

Während der Kaufverhandlungen, die sich monatelang hinzogen, waren die beiden Zwillingshäuschen noch vermietet und bewohnt, so daß ein tieferer Einblick erst im späten Sommer möglich wurde.

Mit einem Architekten stöberte ich durch meine beiden Altbauten, die mittels zweier Durchbrüche zu einer einzigen Wohnstatt größeren Formats verbunden werden sollen. Es war, als krieche man durch überdimensionale Kaninchenställe. Selbst die steilen Hühnerstiegen, die ins obere Stockwerk führten, waren von brüchigen Holzverschlägen eng eingekastelt. Wohin man sich begab, überall herrschte akuter Licht- und Luftmangel.

Ich war entschlossen, die Zwillingshäuschen zu entschlacken und zu skelettieren und erntete damit den lebhaften Beifall des Fachmanns in meiner Begleitung.

Er ließ den Putz hinter Tapetenresten hervorrieseln, starrte tiefsinnig auf offen liegene Bleirohre, wies kopfschüttelnd auf desolate, mit Leukoplast zusammengehaltene Elektroleitungen und gab der Meinung Ausdruck, hier sei kein Handwerker mehr tätig gewesen seit Kaisers Zeiten.

Ich versicherte ihm mit Nachdruck, das werde sich ab sofort ändern.

Anschließend traten wir in den besonnten Hof, schüttelten uns die Hände und vereinbarten einen Termin für die Kolonne, die sämtliche Durchbrüche vornehmen sollte.

Die letzten Worte des Mannes, bevor er in sein Auto stieg, stimmten mich nachdenklich.

»Ich bewundere Ihren Mut«, sagte er.

Ein Vierteljahr später, als ich in Gummistiefeln über Stahlmatten torkelte, die den neu zu verlegenden Fußböden als Unterlage dienten, an gähnenden Abgründen vorbei taumelte, die treppenlos in schwarze Kellertiefen wiesen, als ich gelernt hatte, eine Beton-Mischmaschine zu bedienen und Berge von Schutt in eigens dafür abgestellte Container zu befördern, und das alles bei Temperaturen um null Grad, mit einem Wasserschlauch als einzige sanitäre Einrichtung, da dämmerte mir, wovon der Mann gesprochen hatte.

Abends, wenn ich mit klammen Fingern zu Hause die inzwischen eingegangenen Rechnungen sichtete und Kostenvoranschläge prüfte, wurde mir vollends klar, was er mit »Mut« gemeint haben mochte.

Im nachhinein kann ich behaupten, die so offen geäußerte Bewunderung uneingeschränkt verdient zu haben, denn der besagte Mut verließ mich keine Minute lang.

Nur machten sich die ungewohnten körperlichen Anstrengungen mit der Zeit bemerkbar. Die akrobatischen Rechenkunststücke taten ein übriges, meine Konzentration von anderen Dingen abzuziehen, ebenso wie die Sorge um Friederike, die sich beim Verlegen der Estrichmasse alle zehn Finger verätzt hatte. Damit verbot sich ihre Eigenleistung wochenlang von selbst, denn jeder Handgriff wurde zum Problem. Zeitweise nahm sie Flüssiges nur durch Trinkhalme zu sich, weil sie weder Tasse noch Glas halten konnte.

Als wir Ende Februar umzogen, hatte sie die Schutzhandschuhe endlich abgelegt, und auch ich fühlte mich kräftemäßig wieder einsatzbereit, aber geistig war ich geschwächt.

Anders läßt es sich nicht erklären, daß ich zu einem telefonisch vorgetragenen Anliegen zwar Bedingungen äußerte, grundsätzlich jedoch »ja« sagte.

Es ging dabei um eine in Ehren ergraute Schäferhündin, reinrassig mit roten Papieren, namens Lena, deren Welpen jeweils mit fünftausend Mark gehandelt worden waren. Nachdem sie solcherart ihren Besitzern alljährlich ein kleines Vermögen gebracht hatte, insgesamt zehn Jahre lang, wurde sie nun, ausgelaugt und nicht mehr deckfähig, kurzerhand aberserviert. Dergleichen ist leider keine Seltenheit.

Es gehört zu den Fällen menschlicher Undankbarkeit und menschlichen Versagens, die ich besonders verachte.

Ein tierfreundliches Ehepaar, Walter und Edeltraud Schlösser, das sich bei solchen Gelegenheiten stets meiner erinnert, hatte mich angerufen und um Obdach gebeten für die Hündin.

In der Tat hatten wir uns vorgenommen, in unserem neuen, großen Domizil mit dem reichlich vorhandenen Auslauf zu gegebener Zeit wieder einen in Not geratenen Hund aufzunehmen.

Nur nicht gerade jetzt.

Im oberen Stockwerk sah es immer noch aus wie auf einer Baustelle. Es fehlten Fußböden, Innenanstrich und sämtliche Türen. Ganz zu schweigen vom Gelände, das wüst und wild aussah und keinen Zaun aufwies.

All dies beeindruckte die Schlössers wenig, die im April für acht Wochen zu verreisen gedachten und das Thema »Lena« vorher abschließen wollten.

Dem Tier, meinten sie ganz richtig, sei unser Interieur

egal. Es sei daran gewöhnt, im Hof zu laufen und im Zwinger zu leben, es verbessere sich also in jedem Fall.

Ich wandte ein, daß wir Zeit brauchten, uns selbst einzuleben und unsere Tiere mit der neuen Umgebung vertraut zu machen. Die Schlössers zeigten dafür Verständnis, ließen jedoch nicht locker. Ein paar Wochen könne Lena noch provisorisch anderweitig untergebracht werden, keinesfalls länger. Im April müsse sie in eine feste Bleibe übersiedeln.

Ich besprach mich mit Friederike, die für Hunde eher zuständig ist als ich und die Strapazen des Winters besser überstanden hatte, aber man konnte es drehen und wenden, wie man wollte: April war zu früh.

Einem neuen Tier, besonders wenn es alt ist und unflexibel, muß man sich in Ruhe widmen können, und die Aussichten auf entspannte Einstimmungsphasen mit langen Spaziergängen und eingehenden Verhaltensstudien waren denkbar gering.

Wir arbeiteten in der Regel zwölf Stunden am Tag, beruflich und handwerklich, und auch nach dem Umzug würde sich das so bald nicht ändern.

Deshalb hatte Bedingung Nummer eins, die an mein unbedachtes »Ja« geknüpft war, dem Termin gegolten.

Bedingung Nummer zwei betraf unsere Tiere.

Ob Lena an Katzen gewöhnt sei, wollte ich wissen.

Frau Schlösser war damit insofern überfragt, als sie das Tier ja nicht gehalten hatte, aber sie sah in diesem Punkt keine Schwierigkeiten.

Vorsichtshalber, falls sie nicht auf dem laufenden war, rief ich ihr unsere sechs Katzen in Erinnerung, worauf sie mit warmer Stimme versicherte, Lena sei rührend lieb, gutwillig und gehorsam.

»Auch Katzen gegenüber?« fragte ich hoffnungsvoll.

Frau Schlösser ließ sekundenlang nichts von sich hören. Dann sagte sie zögernd: »Das ist lernbar.«

Ich gab zu bedenken, daß kein Tier von mir je etwas gelernt habe. Torro sei der lebende Beweis.

Frau Schlösser lachte herzlich und wies mich zurecht. »Unsinn! Sie haben Hundeverstand!«

Dagegen versuchte ich vergeblich anzugehen.

Ich sei auf Katzen eingestellt, brachte ich so überzeugend wie möglich vor, und auch die tanzten mir gelegentlich auf dem Kopf herum. Keinesfalls besitze ich irgendwelche erzieherischen Qualitäten, die einen katzenfeindlichen Hund zu einem Katzenfreund machen könnten. Das traue ich mir nicht zu, und daher müsse ich auf diesem Punkt bestehen.

Was den Termin angehe, ließe ich mit mir reden, aber – Frau Schlösser unterbrach mich mit der eidesstattlichen Versicherung, Lena sei von außergewöhnlicher Intelligenz, Gutartigkeit und Langmut. Im April also, ja?

Ja, in Gottes Namen.

Kurz nach diesem Gespräch stürzten wir uns in den Umzug. Der Monat März rauschte mit Überschallgeschwindigkeit vorbei, unser Obergeschoß war nach wie vor eine Baustelle, kein Zaun setzte irgend jemandem irgendwelche Grenzen.

Aber in Küche und Bad funktionierten die neuen Installationen, die Zeit der Wasserschläuche und elektrischen Notkabel war vorbei, Licht in Hülle und Fülle fiel durch teure, große Dachfenster auf die großzügige offene Treppenkonstruktion aus hellem Holz, und unsere Katzen schärften sich begeistert die Krallen an den bloßgelegten Balken des früher unsichtbaren Innenfachwerks.

Die letzten Container hatten eine Woche lang im Hof gestanden und die letzten Bauabfälle aufgenommen.

Minuten bevor sie abgeholt wurden, schwangen wir uns, einer inneren Stimme folgend, an den zerschrammten Seitenwänden hoch und klaubten Foncho und Nelly aus einem Wust von Teppichresten, auf dem sie friedlich schliefen.

Bei der Vorstellung, wie leicht sie auf der Müllkippe gelandet wären, wurde uns übel und wir überhörten geflissentlich das Telefon, das im Küchen-, Eß- und Allzweckraum klingelte.

Es ist immer dasselbe mit Nelly und Foncho:

Sie nisten sich unbemerkt in Fahrzeugen jeder Art ein, rühren sich nicht und geraten so in Gefahr, uns abhanden zu kommen. Kürzlich hupte der Gepäck-Postbote, stieg aus seinem hohen gelben Kastenwagen, öffnete die hintere Tür und fischte zwei flache Kartons aus dem vollgepackten Inneren.

Unsere Katzen hatten sich beim Anrollen des schweren Wagens auf die Fensterbänke geflüchtet und hockten dort wie Pelzkugeln, abwartend und aufgeplustert, denn es war ein kalter Tag.

Der Postbote klingelte, nickte Torro beruhigend zu, der die Küchenfensterscheibe von innen zu zertrümmern drohte, reichte mir die beiden Kartons und äußerte seine Erleichterung darüber, daß der Schnee geschmolzen und unser Hof wieder befahrbar sei. Dann stapfte er durch die verbliebenen Pfützen, um die hintere Tür zu schließen.

Was auch immer mich dazu veranlaßte, ihm zu folgen, es muß mit einem Alarmsystem zusammenhängen, das gegebenenfalls in meinem Kopf anschlägt.

»Moment mal«, sagte ich atemlos, bevor der Mann die Tür zuwarf.

Er ließ die Hand sinken und sah mir unsicher zu, wie ich einen ungelenken Klimmzug machte, der mich nicht weit brachte. Aber ich hatte genug gesehen.

»Foncho!« rief ich werbend. »Nelly!«

Nichts geschah.

Die beiden saßen mucksmäuschenstill hinter einem Berg von Paketen und dachten nicht daran, das kuschelige Plätzchen aufzugeben. Ohnhehin mögen sie Unterlagen aus Pappe und Papier.

Der Postbote war verwirrt.

Ich bat ihn um etwas Geduld, lief wie gejagt ins Haus, schnappte mir eine Packung Trockenfutter und schüttelte sie bereits im Hinausgehen geräuschvoll.

Als erste erschien Nelly, mißtrauisch, fragend, ihrer Sache keineswegs sicher.

Sehr widerstrebend kam Foncho hinter ihr her.

Der Postbote schüttelte mehrmals den Kopf, lachte, schloß die Tür und sagte, so etwas sei ihm noch nie passiert.

Ich wünschte, ich könnte behaupten: mir auch nicht.

Das Gegenteil ist der Fall!

Ich habe Emily aus dem Arbeitswagen unseres Schreiners gehoben, der bereits den Motor angelassen hatte, und nur die verglaste Rückfront gestattete mir einen Blick auf die füllige, grau-weiße Erscheinung mit dem dicken Robbenkopf.

Sie hatte es sich auf einem Lager aus Sägespänen so bequem gemacht, daß sie nicht einmal aufstand, als der Kombi auf mein entsetztes Rufen und Winken ruckartig anhielt. Man glaubt es nicht.

Ich habe Nelly und Foncho aus den geöffneten Kofferräumen flüchtiger Besucher und Logiergäste gescheucht, und einmal kam Simon nach zehn Minuten Fahrt in einem alten

Mercedes zurück, um Nelly abzuliefern, die im Rücksitz unbemerkt geschlafen hatte.

Aber der Schutt-Container war der Gipfel, das gefährlichste Abenteuer, der absolute Horrortrip, von dem ich mich erst erholen mußte.

Als das Telefon wieder klingelte, erbarmte sich Friederike und nahm den Hörer ab.

Es war Frau Schlösser, die Lena ankündigte, und zwar unwiderruflich und sofort.

Ich muß gestehen, daß ich den Gedanken an meine diesbezügliche Zusage im Wirbel, Wust und Durcheinander der letzten Wochen verdrängt hatte. Manchmal allerdings war ich nachts aufgewacht mit einem nagenden Gefühl in der Herzgegend und der bohrenden Frage: »Da war doch noch was –?«

Richtig. Lena.

Und alle Vorbehalte fielen mir wieder ein.

Wir hatten nie Rassetiere gehalten.

Schäferhunde mit roten Papieren lagen außerhalb unseres Erfahrungsbereichs.

Außerdem war das Tier erbärmlich gehalten worden.

Was für Aggressionen mochte es gespeichert haben? Was für Abneigungen? Gegen wen? Gegen was?

Und niemand, den man fragen konnte.

Als Friederike den Hörer auflegte, hatte ich mich bereits gefaßt. In entscheidenden Momenten ist auf mein Stehvermögen unbedingt Verlaß, ganz gleich, wie kleinmütig ich vorher gewesen sein mag.

Die Schlössers fahren einen großen, schweren, schönen Wagen, auf dessen samtiges Innere sie keine Rücksicht nehmen, wenn es um den Transport von Tieren geht.

Im Rücksitz hatten sie ein Laken gespannt, darauf lag Lena, und genau dort blieb sie auch, bis wir uns begrüßt hatten und Herr Schlösser sie zum Aussteigen aufforderte.

Er habe noch nie, sagte er, ein so aufs Wort gehorchendes Tier erlebt.

Wir standen im Hof und betrachteten sie eingehend, während sie freundlich, abwartend und unschlüssig in dem Kreis stehen blieb, den wir um sie bildeten – Lena, die Schäferhündin mit dem dunkel gestromten Rücken und den hellbraunen Flanken, größer, als wir erwartet hatten war sie, edler, eindrucksvoller.

Ihre Ohren, durch eine nie behandelte Entzündung im oberen Drittel eingeknickt, hätten den strengen Rasse-Kritiker vielleicht gestört. In unseren Augen tat es ihr keinen Abbruch.

Friederike streckte ihr die Hand entgegen, Lena näherte sich mit Bedacht, senkte den schönen Kopf, ließ sich den Hals kraulen und nahm schließlich mit der unnachahmlich stolzen Haltung großer, gut erzogener Hunde neben Friederike Platz. Da war kein Mißtrauen, keine Angst, keine Agression.

Es war Einverständnis, Zustimmung, Harmonie.

Es war Liebe auf den ersten Blick.

Alle Beteiligten atmeten auf.

Torro, den ich vorsichtshalber erst jetzt heraus ließ, umkreiste Lena ein paarmal ohne besondere Neugier und sprang dann, wie es seine ihm nicht abzugewöhnende Art ist, an den Schlössers hoch, um mit feuchter, schwarzer Stupsnase Streicheleinheiten zu sammeln.

Wenn man ihm diesen Gefallen gleich tut, läßt er alsbald ab und beschäftigt sich mit etwas anderem. Tut man es nicht, wird man ihn nicht los. Das schafft besonders dann peinliche Situationen, wenn der Hof naß und schmutzig ist und der ahnungslose Besucher seine besten Sachen angelegt hat.

Die Schlössers, mit Torro und seinesgleichen vertraut, zierten sich nicht lange, sondern tätschelten ihn beim ersten Anlauf ausgiebig, während Lena nach wie vor neben Friederike saß und von Zeit zu Zeit gläubig zu ihr aufblickte.

Dann gingen wir alle ins Haus, tranken Kaffee, redeten über Tiere im allgemeinen und über Lena im besonderen, schleppten die von den Schlössers mitgeführten Futterdosen in die Abstellkammer und bemerkten zu unserer Freude, daß sich die beiden Hunde auch innerhalb des Hauses bereits arrangierten. Es war offensichtlich, daß Lena den wesentlich kleineren Torro nicht besonders ernst nahm, ihn gelegentlich freundschaftlich mit der Schnauze stubste und ansonsten in seinem hektischen Treiben nachsichtig gewähren ließ.

Torro, der anderen Rüden stets aus dem Weg geht, hatte nichts dagegen, daß Lena blieb. Wahrscheinlich fühlte er sich entfernt an Bonnie erinnert, die ähnlich gutmütig mit ihm umgegangen war.

Jeder Hund bekam seinen eigenen Woll-Vorleger, und es dauerte nicht lange, da quetschten sie sich bereits auf einem zusammen.

Die Vorleger lagen in unserem größten Raum, der durch Abbruch einer morschen Zwischenwand entstanden war.

Hier spielt sich auf dreißig Quadratmetern zwischen Küchenzeile und Eßplatz, Ofen und Schreibtisch vor insgesamt fünf Fenstern der größte Teil unseres Lebens ab, auf eigenhändig verlegten Holzdielen und Fliesen, unter selbst getäfelter Decke, um ein grün beranktes Balkengerüst herum, das aus statischen Gründen stehenbleiben mußte.

Es ist ein schöner Raum geworden, besonders dann, wenn man seine frühere trostlose Beschaffenheit in Betracht zieht. Ein Raum, den auch unsere Katzen hochschätzten und den sie meiden lernen mußten, so schwer es auch fiel.

Denn Lena, die ausgeglichene, gutartige, ruhige Lena, wurde von wildem, unkontrollierbarem Verlangen gepackt, wenn sie eine Katze sah, hörte, witterte.

Ihre Augen begannen lüstern zu funkeln, ihre Muskeln spannten sich, ihre geballte Konzentration richtete sich auf die Katze, unablenkbar, unbeeinflußbar.

Sie hatte es in sich.

Sie konnte nicht anders.

Die erste, die sich mit knapper Not und leichter Verletzung des Hinterteils in Sicherheit brachte, war Emily.

Wir waren geschockt.

Als wir uns etwas beruhigt hatten, berieten wir uns lange miteinander und mit anderen und beschlossen, das Problem gezielt anzugehen.

Lena, daran bestand kein Zweifel, verfügte über einen hohen Grad an Hunde-Intelligenz.

Sie gehorchte auf einen Wink, verstand Befehle und Verbote und war daran gewöhnt, sie zu beachten.

Außerdem, und das stimmte uns hoffnungsvoll, war sie bestrebt, unsere Wünsche zu erfüllen. Sie tat, was man ihr sagte, ohne daß man die Stimme heben mußte. Ihr ganzes Wesen drückte Eifer und Bereitwilligkeit aus.

Ihr klarzumachen, daß sie die Katzen nicht anrühren sollte, durfte kein großes Problem sein.

Dachten wir.

Behutsam, das Halsband fest in der Hand, Lenas Kopf kontrollierbar in Kniehöhe, führte Friederike sie an Nelly

heran, die auf der Treppe saß und sich den Rücken an einer Stufe rieb.

Lenas Schnauze schoß vor, das Halsband wurde eng.

Friederike hielt eisern fest und sprach laut, streng und akzentuiert: »Nein, Lena, nein!«

Nelly erstarrte, buckelte und fauchte.

Lena hechelte und war kaum zu halten.

Sie hörte die Befehle nicht mehr, auf die sie sonst mit bewundernswerter Präzision reagierte.

Sitz, Platz, Pfui, Schluß und Aus kamen nicht an, drangen nicht in ihr Bewußtsein, und was Friederike von ihr hielt, war ihr völlig egal.

Lena wollte Nelly.

Friederike mußte sich mit aller Kraft zurückstemmen, um Nelly die Treppe hinauf entwischen zu lassen.

Es schien uns nicht geraten, den Versuch zu wiederholen. Während die Katzen verschreckt durch Hof, Flur und Treppenhaus schlichen, verschanzten wr uns mit den Hunden hinter geschlossener Tür und geschlossenen Fenstern im Wohn- und Küchenbereich.

Unser neues, großes Haus erschien uns plötzlich bedrückend eng.

Um nicht in Lethargie zu verfallen, leinten wir die Hunde an und machten uns auf einen langen Spaziergang, wobei Torro mich wie immer ungebührlich zerrte und zog und sich dabei die Seele aus dem Leib keuchte.

Lena dagegen ging in beispielloser Disziplin neben Friederike bei Fuß, wartete brav vor jedem Straßenübergang und schwenkte, als wir sie auf der Höhe durch die Wiesen fegen ließen, nach kurzem Anruf sofort ein, um zurückzukommen.

»Das ist der beste Hund, den man kriegen kann«, sagte Friederike mit Tränen in den Augen, »so einen habe ich mir immer gewünscht. Ach Lena! Mußt du ausgerechnet scharf auf Katzen sein!«

Wir blieben lange auf der Höhe, betrachteten die durch Sturm verwüsteten Wälder, pilgerten durch einsame Feldwege und verspürten nicht die geringste Lust, nach Hause zu gehen.

Das war kein Zustand.

Das gab den Ausschlag.

Am späten Nachmittag rief ich die Schlössers an mit der niederschmetternden Mitteilung, wir könnten Lena nicht behalten. Sie sei eine Gefahr für unsere Katzen, und, wie schon das Sprichwort sagt, einem alten Hund bringt man keine neuen Kunststücke bei.

Schon gar nicht dann, wenn das Tier dabei über den Schatten seines ganzen Lebens springen muß.

Denn zweifellos war Lena immer hinter Katzen her gewesen, und die Vermutung lag nahe, daß sie noch außerdem dazu ermuntert worden war.

Frau Schlösser versagte vor Schreck am Telefon die Stimme. Ihr Mann, sagte sie, als sie sich wieder gefaßt hatte, werde in einer Stunde bei uns sein, um Lena abzuholen.

So geschah es auch.

Wir bildeten mit Lena in unserer Mitte den üblichen Kreis im Hof.

Herr Schlösser stand da mit hängenden Schultern, die Leine in der Hand, Falten um den Mund.

Die einzige Alternative, die ihm vor seiner morgigen Abreise nach Spanien noch einfiel, war, das Tier einschläfern zu lassen.

Kaum hatte er es ausgesprochen, verließ Lena still unseren Kreis und ging mit gesenktem Kopf ganz langsam ins Haus. Herr Schlösser starrte ihr tiefsinnig nach.

Friederike und ich brachen in Tränen aus.

Wir hatten das Gefühl, unseres Lebens nie mehr froh werden zu können.

Und es kam, wie es kommen mußte:

Wir behielten Lena, und sie behielt uns.

Fortan lebten wir wie im Knast, verschlossen jede verschließbare Tür eilig hinter uns, bauten dort, wo die Schlösser unbrauchbar geworden waren, Barrikaden aus Stühlen und Kleinmöbeln, die später von angeschraubten Riegeln und Haken abgelöst wurden, und kerkerten uns nicht selten auch gegenseitig ein.

Aber, wie es in den alten Märchen so unheilvoll heißt: Das Schicksal nahm seinen Lauf.

10. KAPITEL

Als Foncho erstmals eine Tür öffnete

Nicht alle Tiere kann man ungestraft unter einem Dach vereinen, denn es gibt kein Paradies auf Erden.

Wir haben nie zuvor ein Tier gehalten, das die Herzen der unterschiedlichsten Menschen so im Sturm eroberte, wie Lena es tat.

Nach Überwindung der ersten Hemmschwelle, die ein wachsamer, ausgewachsener Schäferhund naturgemäß schafft, konnte keiner ihrem verhaltenen Charme widerstehen.

Unsere Oma bekam feuchte Augen, wenn sie von Lena sprach. Frau Engelhard, nachdem sie uns besuchte hatte, versicherte mit schwankender Stimme, sie müsse immer an das Tier denken. Die männliche Jugend, die kam, um Hekken anzupflanzen und unseren großen Hof für ihre Autoreparaturen nutzte, war begeistert von Lenas Disziplin.

Unsere eigenen, meist abwesenden Männer, Simon und sein Vater, äußerten sich anerkennend wie selten.

»Ein toller Hund!«

»Ein idealer Hund!«

Lena, erklärten sie einstimmig, sei ein ernstzunehmender Schutz und daher eine große Beruhigung.

Ihre vornehme Zurückhaltung im Vergleich zu Torros enervierender Aufdringlichkeit wurde allseits so hoch gelobt, daß ich schon wieder gehalten war, ihn in Schutz zu nehmen.

Die Tatsache, daß keine Katzen mehr in die Küche durften, erregte eher Zustimmung als Bedauern. Selbst ich konnte mich gewissen Vorteilen in diesem Zusammenhang nicht ganz verschließen.

In einem so weitläufigen Haus schadet es nichts, wenn

dort, wo gekocht und gegessen wird, keine Katzen herumstreichen.

Auch konnte man unbedenklich Grünpflanzen in Hülle und Fülle auf das niedrige Mäuerchen stellen, das von der ehemaligen Zwischenwand übrig geblieben, weiß verputzt und mit einem dicken Kiefernholzbrett bedeckt worden war.

Niemand buddelte in der großen Pflanzenschale, aus der am alten Balken hoch bis zur Decke eine Efeuaralie rankte.

Unbehelligt blieben Gläser und Geschirr, wenn man vergaß, den Tisch abzuräumen, und keiner kippte den Abfalleimer um.

Desgleichen verewigte sich niemand verstohlen in den Ecken, hauptsächlich hinterm Ofen, was, wie ich nur ungern bekenne, unserer alten Jüli nicht mehr abzugewöhnen ist. Das Thema Sauberkeit ist ein Kapitel für sich und sollte eigens behandelt werden.

In gewisser Weise vereinfachte sich das Leben durch den katzenfreien Bereich, zumal ich mich auf Torro, was Nahrungsmitttel und ihre Zubereitung angeht, stets blind habe verlassen können.

Er ist kein Esser.

Morgens, wenn die Katzen gierig ihr Trockenfutter knuspern und mit verdünnter, lauwarmer Milch nachspülen, nimmt er gar nichts zu sich, weil er noch zu müde ist.

Am späten Nachmittag, wenn die Katzen ihr Abendessen kaum noch erwarten können, schiebt er seinen Napf unentschlossen hin und her, und sofern ihm keiner etwas streitig macht, wendet er sich gelangweilt ab.

Lena ließ ihn alsbald wissen, daß sie durchaus imstande sei, zwei Näpfe hintereinander zu leeren, falls er auf seinen keinen Wert lege.

Von da an legte Torro Wert darauf.

Es war zum Leichtsinnigwerden, bis zu jenem herrlichen Hochsommertag, da meine Freundin Mimi im Garten Beeren pflückte, denn abends sollte es Rote Grütze geben.

Fürs Mittagessen waren für drei Personen Rouladen mit Möhrengemüse und Petersilienkartoffeln vorgesehen.

Ich bestrich die Rouladen gerade mit Senf, als der Briefträger mit einem Einschreiben klingelte.

Mein Blick streifte gewohnheitsgemäß durch den Raum – ah, richtig, keine Katze in der Nähe! –, und ich eilte aufatmend und unbesorgt hinaus.

Mimi, auf einem kleinen Schemel zwischen den Beerensträuchern hockend, sah nachdenklich zu, wie ich den Einschreibezettel unterschrieb, mit dem Briefträger plauderte und anschließend noch den Mülleimer an den Hofeingang rollte, wo er später geleert werden sollte.

Wie sie anschließend heiter erzählte, hatte sie mir, als ich endlich wieder ins Haus ging, drei Minuten Zeit gegeben bis zu dem unartikulierten Schrei, der die hochsommerliche Mittagsstille störend durchbrach.

»Keine Rouladen zu Mittag?« erkundigte sich Mimi gelassen aus dem Gebüsch.

Nein, keine einzige.

Roh, mit Senf bestrichen, schien Lena Rouladen besonders zu schätzen.

Ich war fassungslos, Mimi fand nichts dabei.

Sie besitzt einen kleinen, drahtigen, gefräßigen Hund, den sie mit Eßbarem keine Minute allein lassen kann. Schon gar nicht mit Fleisch, es sei denn, es befände sich in zwei Metern Höhe.

Ich kam zu dem Schluß, daß Torro auf seine Weise ein kleines Juwel ist. Man mag seinen Eigensinn und seine Marotten noch so schmähen, fest steht, daß er nichts stiebitzt und keiner unserer Katzen jemals etwas zuleide getan hat.

Nachdem Lenas Aufenthalt innerhalb des Hauses auf den Hauptraum begrenzt worden war, stellte sich die bange Frage, wie ihr Auslauf zu regeln sei.

Schließlich war es Sommer, und sowohl unsere Hunde als auch unsere Katzen sollten in den Genuß unseres traumhaften Grundstücks kommen.

Nur nie gleichzeitig.

Als erstes vergewisserte ich mich daher jeden Morgen, ob alle Katzen sich im Büro zum Frühstück versammelt hatten. Während sie hinter verschlossener Tür fraßen, ließ ich die Hunde für eine Weile hinaus, fütterte sie und setzte mich in ihrer Gesellschaft an den eigens zu diesem Zweck im Eßzimmer aufgestellten Schreibtisch. Denn Hunde bleiben nicht gern allein.

Um diese Zeit durften die Katzen ungehindert zum Bürofenster hinaus entweichen.

Am Nachmittag, wenn sie sich gewohnheitsgemäß in Erwartung des abendlichen Futters wieder einstellten, begann der Hunde-Auslauf, und nur dann, wenn eine Katze fehlte, gab es Schwierigkeiten. Aber im Lauf der Zeit reduzierten sich auch diese um genau die Hälfte.

Drei unserer Katzen hatten die veränderte Situation begriffen und sich darauf eingestellt.

Jüli mit ihrem angeborenen Mißtrauen hält sich ohnehin nur dann auf der Erde auf, wenn es sich gar nicht vermeiden läßt. Meist hockt sie unsichtbar auf dem Dach eines Schuppens und sondiert eher stundenlang das Terrain, als daß sie sich abwärts begibt.

Nina kamen die Tarnfarbe und die Fähigkeit, sich in Luft

aufzulösen, ebenfalls enorm zugute. Sie fehlte zwar öfter als die andern zu den gewohnten Zeiten, aber sie hielt sich irgendwo in der Nähe bedeckt, bis die Luft wieder rein und Lena im Haus verschwunden war.

Nelly näherte sich im Zweifelsfalle vorsichtig, bestieg eine Fensterbank an der Rückfront, und sobald sie meiner ansichtig wurde, winkte sie mit einer Pfote und gab mir halblaut zu verstehen, wo sie war.

Alle drei, Jüli, Nina und Nelly, waren stets eigene Wege gegangen. Sie hatten eine gewisse Übung im Vermeiden gefährlicher Situationen, die sich im Freien ja jederzeit ergeben können.

Ein Beispiel dafür wurde mir in jenem Sommer nach dem Umzug zuteil, als ich auf dem Weg zum Einkaufen ein malerisches Gäßchen hinabstieg und aus einem baufälligen Gemäuer flehentliches Miauen vernahm.

Ich blieb stehen, lauschte und bemerkte einen Arbeiter, der eine Leiter an die renovierungsbedürftige Fassade eines alten Bauernhauses lehnte.

Er grüßte, und ich grüßte zurück, indessen es aus den Tiefen des wackligen Nebengebäudes immer lauter miaute.

Der Mann setzte einen Fuß auf die Leiter und sagte achselzuckend: »Ich bin schon eine Woche hier zugange. Aber die Katze hört man nur. Die sieht man nie. Kommt sicher erst nachts raus, wenn keiner mehr hier ist.«

Ich lauschte immer noch angestrengt.

»Die ist zu scheu«, versicherte der Mann.

Ich hatte keinen Grund, an seinen Worten zu zweifeln, aber irgend etwas kam mir bekannt vor. Mag sein, daß anderen Menschen alle Katzenstimmen gleich klingen. Mir nicht.

Ich klemmte meine Tasche unter den Arm, trat an die

spinnwebbedeckte Fensterhöhle und streckte die Hand aus. Schon rieb sich ein dicker Katzenkopf an meinem Unterarm.

Der Arbeiter riß die Augen auf und fiel fast von der Leiter, als sich zwei Pfoten vertrauensvoll um meinen Hals legten und Nelly auf meinen Arm stieg.

»Nicht möglich!« stieß er mit flacher Stimme hervor.

»Es war kein Kunststück«, erklärte ich weder stolz noch glücklich, denn jetzt mußte ich sie erst nach Hause bringen, »die Katze gehört mir.«

Der Mann sah uns kopfschüttelnd nach.

»Ich dachte, die lebt wild«, murmelte er hinter uns her.

Immerhin wußte ich nun, wo Nelly ihre Zeit verbrachte, wenn sie weder in den Wiesen noch am Hang zu sehen war. Einer ihrer neuen Freunde, ein großer, weißer Kater, kam aus der Richtung des malerischen Gäßchens, und es lag nahe, daß sie ihm bis zu dem baufälligen Schuppen zu folgen pflegte. Mich mußte sie wohl am Schritt erkannt haben, bevor sie anfing mich zu rufen. Aber es war mir doch eine Beruhigung, zu wissen, daß sie ansonsten weder arglos noch vertrauensselig war.

Leider konnte man das vom Rest unserer kleinen Gesellschaft nicht behaupten.

Emily, schwer beweglich und von geradezu bestürzender Begriffsstutzigkeit, machte uns viel Kopfzerbrechen. Obwohl von Lena als erste erwischt, nahm sie sich kein bißchen in acht und überließ uns somit die alleinige Sorge für ihre Sicherheit.

Ihrem schlechten Beispiel folgte Lara, und beide wurden noch übertroffen von Foncho, der unbeeindruckt und unbelehrbar selbst dann auf uns zugelaufen kam, wenn wir mit Lena an der Leine durch die Wiese oder den Hof gingen.

Dann war unser sonst so diszipliniertes, kontrollierbares Lenchen nicht mehr zu halten, und Fonchos unerschütterliches Vertrauen in uns überwog jede notwendige, natürliche Sicherheitsmaßnahme. Das heißt: Er ging uns nicht etwa aus dem Weg, sondern bestand darauf, an mir hoch bis auf die Schulter zu klettern.

Ihn einerseits erfolgreich abzuwehren und andererseits einen gierig und aufgeregt zappelnden, ausgewachsenen Schäferhund in Zaum zu halten, war ein Balanceakt, der mich oft straucheln ließ.

An dieser Stelle wird der mitfühlende Leser vielleicht zu einem Maulkorb raten, wenigstens zeitweise.

Auf diesen Gedanken kamen wir auch, kauften in einem Zoogeschäft die größte Ausgabe in echtem Leder und banden ihn Lena um die Schnauze.

Sie fiel sofort platt auf den Boden, grub den Kopf zwischen die Vorderpfoten und tat alles, um den fremden Gegenstand aus ihrem Gesicht zu entfernen. Wir versuchten es Dutzende von Malen, immer in der Hoffnung, sie möge sich mit der Zeit daran gewöhnen, aber es war, wie so vieles, vergebliche Liebesmühe. Lena, in ihrem elften Lebensjahr, war zu keinem Schritt zu bewegen, solange sie den verhaßten und gefürchteten Maulkorb trug. Wir brachten es nicht übers Herz, die Übung fortzusetzen. Lieber vergewisserten wir uns mehrmals, daß Emily, Lara und Foncho garantiert im Büro saßen, bevor wir Lena morgens und nachmittags frei herumlaufen ließen. Als meine Schwester im Hochsommer zum jährlichen Besuch anreiste, fand sie, wir hätten die Dinge bereits sehr gut im Griff und allen Grund, zuversichtlich in die Zukunft zu blicken.

Diesen Eindruck hatte ich ganz und gar nicht, im Gegenteil. Mir war, als konzentriere sich Lenas ganzes Sinnen und Trachten zunehmend auf die Katzenjagd. Längst hatte sie ihren Vorleger unterm Fenster verlassen, um die Tür im Auge zu behalten, die unten nicht dicht abschließt.

Ihre ganze sprungbereite Aufmerksamkeit galt diesem Türspalt. Schnüffelnd, hechelnd, bäuchlings ausgestreckt lag sie davor, derweil die Katzen draußen kamen und gingen. Den Raum zu verlassen wurde zur zirkusreifen Drahtseilakrobatik.

Denn einerseits preschte Lena wild vor, sobald man die Hand auf die Klinke legte, andererseits lauerten draußen Foncho, Emily und Lara nur darauf, unbemerkt hineinschlüpfen zu können.

Es gab Tage, an denen ich mich diesem Streß nicht gewachsen fühlte, den Briefträger durchs Küchenfenster abfertigte, den Abfalleimer überquellen ließ und mich erst hinausstahl, wenn ich Lena mit einem Knochen unter den Küchentisch gelockt hatte.

Mein Schwager Klaus mit seinem makabren Sinn für Humor drehte einen Film mit Lena in der Hauptrolle, wie sie völlig auf den Türspalt fixiert auf dem Teppich lag, den wir ihr schließlich dort ausgebreitet hatten, und wie alle Verrenkungen, die wir machten, um sie abzulenken, überhaupt nichts fruchteten.

Unterschwellig fürchtete ich, daß wir irgendwann abstumpfen und eine sich nahende Gefahr nicht mehr wahrnehmen würden. Es war ein ungutes Gefühl, daß ich nur mit Friederike teilte, während alle nicht unmittelbar Betroffenen sich immer zuversichtlicher zeigten.

Denn schließlich wurde Lena sichtlich älter.

Über ihren einst so wachen Augen lag bereits der

Schleier des Altersstars, sie hörte nicht mehr so gut wie noch im Frühjahr, und um die Schnauze herum vergreiste sie.

Ihre Bewegungen wurden langsamer und ungelenker, und auf längeren Spaziergängen drehte sie einfach um und zog nach Hause.

Dies alles beobachteten wir mit wachem Interesse.

Was uns entging, war Fonchos sich allmählich entwickelnde Spezial-Begabung.

Es bildet ein Talent sich in der Stille, wie schon der Dichter sagt.

An einem kalten, unwirtlichen Tag im Spätherbst ließen wir die Hunde wie immer im Küchenraum und die Katzen über das restliche Haus verteilt.

Wir besuchten die Oma, erledigten Post, Bank und Einkäufe und kehrten nach etwa drei Stunden zurück.

Ich schloß die Haustür auf, und Friederike ließ vor Schreck fast einen Kasten Selterswasser fallen:

Beide Hunde wedelten uns freudig entgegen, alle Türen standen weit offen, keine Katze war zu sehen.

Etwas später fanden sie sich ein. Sie krochen unter Truhen und Schränken hervor, schwangen sich von deckenhohen Bücherregalen, und Jüli stieg durch eine Luke aus dem Dachgebälk.

Alle waren unversehrt, unbefangen und hungrig.

Alle außer Foncho, der nicht in Erscheinung trat.

Friederike fütterte die Hunde in der Küche. Ich ließ die Plastiknäpfe verheißungsvoll scheppern, zerbrach mir vergeblich den Kopf darüber, wer die Türen geöffnet haben mochte und rief immer wieder nach Foncho.

Die Möglichkeit, daß er hinausgeschlüpft war, als wir hereinkamen, konnte nicht ganz ausgeschlossen werden.

Ich riß das Fenster auf und rief ihn nochmals.

Er tauchte nicht auf.

Friederike durchsuchte das Haus und fand ihn leblos auf ihrem Bett liegen mit einem breiten, nassen Streifen um den Hals. Seine Augen standen halb offen, blicklos und starr. Als sie ihn aufhob, gab er einen fremden, dünnen, jämmerlichen Ton von sich und fing an zu zittern.

Minuten später saßen wir im Auto, Friederike am Steuer, ich mit dem kleinen, kalten, reglosen Bündel auf dem Schoß im Rücksitz. Viel Hoffnung hatten wir nicht, denn wir nahmen an, sein Genick sei gebrochen.

Die Praxis lag ungefähr sechs Kilometer von uns entfernt. Der Tierarzt, den ich mit bebender Stimme angerufen hatte, erwartete uns bereits im Sprechzimmer, hob Foncho hoch wie ein Kaninchen und stellte fest, sein Rückgrat sei in Ordnung, auch habe er keinen Knochen gebrochen.

Innere Verletzungen seien zwar nicht ganz auszuschließen, aber es sehe nicht danach aus.

Zweifelsfrei habe der Hund ihn erwischt und stark geschüttelt, daher der schwere Schock.

Man müsse ihn sorgfältig beobachten, ihm immer wieder zu essen und zu trinken anbieten, ihn ansprechen und aufmuntern. Sollte er in drei Tagen noch keine Reaktion zeigen, sei die Sache kritisch.

Mir wankten die Knie.

Friederike hob meine Handtasche auf, die mir entglitten war.

Der Tierarzt machte Foncho eine krampflösende Spritze. Eine Wirkung war nicht zu sehen.

Der kleine Körper blieb seltsam leblos, der Blick starr. Der Tierarzt empfahl Vitamin B, falls keine Veränderung eintrete.

»In Tablettenform?« fragte ich verstört.

»Ja. Es belebt das Gehirn.«

Mir war so elend, daß ich mich draußen am Geländer festhalten mußte.

Nach zwei Kilometern bemerkte ich, daß sich der Rücksitz mit Foncho und mir bedenklich nach links senkte. Es knattere und ratterte.

»Friederike«, brachte ich matt und beschwörend hervor, »irgendetwas stimmt nicht! Mit dem Auto!«

Sie machte eine abwehrende Kopfbewegung wie immer, wenn man sie mit unqualifizierten Hinweisen beim Fahren stört.

Meinen armen, kleinen, zur Leblosigkeit verurteilten Kater auf den Knien, ergab ich mich in ein ungewisses Schicksal, derweil ich immer tiefer sank und das unerklärliche Gefühl hatte, über schweren Schotter zu rollen.

Wir erreichten, wie dereinst Vater und Sohn im Erlkönig-Gedicht, den Hof mit Müh und Not.

Friederike stieg aus, stemmte die Hände in die Hüften und rief entgeistert: »Wir haben einen Platten – hinten links!« Dann, nachdem sie auf dem Boden herumgekrochen war: Ein Nagel! Wir sind in einen Nagel gefahren!«

Sie richtete sich wieder auf, klopfte sich mechanisch die Jeans ab, öffnete mir die Wagentür und nahm Foncho entgegen mit den Worten: »Das war nicht unser Tag heute, Mama.«

Ich murmelte: »Weiß Gott!« und zog unwillkürlich den Kopf ein, für den Fall, daß es sich nicht nur um ein dunkles Wölkchen am Schicksalshimmel handelte, sondern um eine längere atmosphärische Störung.

Die vom Tierarzt angesetzten drei Tage verstrichen, ohne daß sich das miserable Befinden unseres Patienten auch nur um eine Nuance gebessert hätte.

Friederike nahm sich Urlaub, widmete sich ihm von morgens bis abends und oft auch nachts, versuchte, ihn aus seiner Lethargie zu wecken, zu wärmen, aufzupäppeln.

Umsonst.

Besonders bedenklich stimmte uns das Verhalten der anderen Katzen. Nelly und Lara, mit denen Foncho doch immer zusammen gelegen hatte, zogen sich fluchtartig von ihm zurück. Sogar Emily, unsere bewährte mütterliche Kraft, schnupperte über ihn hinweg und war nicht zu bewegen, ihm das glanzlose Fell aufmunternd zu striegeln.

Nach und nach mieden alle Katzen das obere Stockwerk, wo Foncho reglos, kalt, mit halb offenen Augen in einen Sessel gebettet lag und blicklos vor sich hin starrte.

Ihn anzusehen war lähmend und deprimierend.

Am vierten Tag, obwohl ich mir nichts davon versprach, ging ich in die Apotheke und kaufte eine Packung mit zwanzig Vitamin-B-Tabletten, wobei es mir unklar war, wie man sie ihm eingeben sollte.

Außer etwas Wasser hatte er nichts geschluckt.

Er war leicht geworden wie eine Feder und seltsam ätherisch. Man konnte ihm unter die Nase halten, was man wollte, ob Fisch, ob Fleisch, er reagierte nicht.

Friederike öffnete die Packung, stellte fest, daß die Tabletten winzig klein waren und beschloß, ihm eine davon zu verabreichen, irgendwie.

Viel konnte man nicht falsch machen, hieß ihre Devise, und die letzte Chance mußte genutzt werden.

Für innere Verletzungen gab es nach wie vor keine Anzeichen. Aber er kam nicht zu sich.

Sein Gehirn brauchte Impulse.

»Meins auch«, dachte ich, während Friederike zum Äußersten entschlossen die Treppe hinaufstieg.

· Ich blieb unten. Es war vier Uhr nachmittags. Ich kochte mir einen Kaffee. Die Verantwortung für alles, was passiert war und noch passieren würde, drückte mich nieder.

Einen Stock höher öffnete Friederike mit sanftem Druck Fonchos Schnäuzchen und hielt es kurz zu, nachdem sie das Tablettchen hineingeschoben hatte. Er mußte es schlucken, ob er wollte oder nicht.

Eine Stunde später rief sie mich aufgeregt hinauf.

Er hatte die Augen geöffnet und sah sich wach und zutiefst erstaunt um.

Gegen sieben Uhr quirlte ich ihm mit zitternder Hand ein Ei, das er gierig schlürfte.

Danach richtete er sich auf, um steifbeinig ein paar Schritte zu machen. Aber er war zu schwach.

Wir fütterten ihn alle paar Stunden und atmeten erst auf, als er anfing, sein sprödes Fell zu glätten.

Am nächsten Morgen bekam er die zweite Tablette, am Tag darauf die dritte. Mehr brauchte er nicht, denn wenn er auch noch keine Klimmzüge an Türklinken machte, so erholte er sich doch rasch und zusehends.

Seine Artgenossen, die ihn schon aufgegeben hatten, nahmen ihn unbefangen wieder in ihrer Mitte auf.

Friederike wechselte den Reifen am linken Hinterrad unserer Ente und versah alle Türen, die sich nicht abschließen ließen, mit kleinen Riegeln.

Ich versuchte, aufzuholen, was liegengeblieben und versäumt worden war.

Wir fragten uns, wem man Lena für den Rest ihres Lebens noch anvertrauen könnte, kamen zu keinem überzeugenden

Schluß und nahmen uns vor, noch mehr auf der Hut zu sein als bisher.

Wir waren ihr nicht gram.

Der Anblick des Maulkorbs ängstigte sie so sehr, daß wir ihn unauffindbar versteckten.

Die restlichen siebzehn Vitamin-B-Tabletten nahm ich selbst.

Zum Schluß dieses Kapitels sei bemerkt, daß alle unsere Katzen die alte Lena überlebten.

Ihre Bewegungen wurden immer schwerfälliger, das Aufstehen machte ihr Schwierigkeiten, und eines Tages waren Hüften und Hinterläufe gelähmt.

Nichts brachte sie mehr auf die Beine, und weitere Qualen haben wir ihr erspart.

Ihr Tod, so gnädig er auch gestaltet wurde, ging uns schrecklich nah, denn inzwischen hatten die Katzen endlich gelernt, den Küchenraum zu meiden. Das Leben war leichter geworden, alles hatte sich eingespielt.

Vielleicht lag es daran, daß Lenas fortschreitende Krankheit die Situation allmählich entschärft hatte.

Nachdem sie erlöst und abgeholt worden war, kamen mir Küche und Eßplatz öd und leer vor, denn ein so großes Tier hinterläßt auch räumlich eine große Lücke.

Traurig und erschöpft machte ich mit Torro einen kleinen Spaziergang über die nasse Wiese. Der Winter war extrem hart gewesen mit Bergen von Schnee und Kältegraden um minus zwanzig. Die Grasfläche war von einem stumpfen Braun. Nur zögernd wurde es Frühling.

Auch Torro war lustlos und bedrückt.

Daher kehrten wir alsbald wieder um.

Ich zog mir an der Haustür die nassen Stiefel aus und

mußte feststellen, daß unsere Katzen die veränderte Lage im Nu erfaßt hatten.

Angeführt von Foncho, stürmten sie in wildem Triumph die Küche. Völlig außer Rand und Band jagten sie über Tische und Stühle, Spüle und Mäuerchen. Blumentöpfe knallten auf den Fliesenboden, Geschirr klirrte, Selterswasserflaschen zerbarsten.

Als Torro und ich mit allen Zeichen der Empörung vorwärts stürzten, herrschte bereits das totale Chaos.

In fliegender Hast verließen meine Katzen die Stätte ihres wüsten, rachsüchtigen Treibens, fegten hinaus und verschwanden wie ein Spuk.

Dergleichen hatte ich nie vorher erlebt, und Gott sei Dank wiederholte es sich nicht.

Aber es gab mir zu denken.

11. KAPITEL

Bei Nacht
sind alle Katzen grau

*Dies scheint mir der einzige Nenner zu sein,
auf den sich alle Katzen bringen lassen.
Ansonsten, so lehrt mich die Erfahrung, ist
jede einzelne ein Kapitel für sich.*

Kürzlich hörte ich von einem jungen Paar, das eine Katze namens Kati besitzt.

Sie schläft allnächtlich auf dem Kleiderschrank des Paares in dessen Schlafzimmer, nirgendwo anders, nur dort.

Der Kleiderschrank bedeckt eine ganze Wand, ist zwei Meter hoch und hat eine glatte Oberfläche.

Um hinaufzusteigen benutzt Kati eine halb geöffnete Balkontür.

Sie entwickelte diese Gewohnheit im Sommer, als das Paar bei halb geöffneter Balkontür zu schlafen pflegte.

Und sie hielt zäh daran fest, als der Herbst kam.

Nun ist ja nichts weiter dabei, Kati abends die Balkontür halb zu öffnen, damit sie ihren Schlafplatz einnehmen kann.

Unerfreulicher ist es, sich morgens um vier Uhr von ihr wecken zu lassen, weil sie aufs Katzenklo muß.

Einer ihrer Herrschaften richtet sich schlaftrunken auf, wankt aus dem Bett, öffnet halb die Balkontür und tut gut daran, schlotternd vor Kälte zu warten, bis Kati ihre Notdurft verrichtet und den Schrank wieder erklommen hat. Andernfalls müßte er wenig später noch einmal aufstehen. Kati hat eine ausdrucksstarke Stimme.

Es fällt ihr nicht schwer, sich nachdrücklich bemerkbar zu machen.

Es hat nichts genützt, ihr einen Stuhl als Kletterhilfe anzubieten. Auch ein aufgeklapptes Bügelbrett, quer vor den Schranktüren plaziert, hat sie abgelehnt.

Kati kennt nur den Weg über die halb offene Balkontür, und einen andern will sie nicht kennenlernen.

Man sollte der Versuchung widerstehen, daraus einen Schluß zu ziehen, zum Beispiel den, daß Katzen generell unflexible Gewohnheitstiere sind.

Ebensowenig läßt sich schlüssig feststellen, das Gegenteil sei der Fall.

Mir ist es immer unbehaglich, wenn ich auf Verallgemeinerungen festgenagelt werde.

Dergleichen geschieht oft und beginnt meist mit der Frage, ob Katzen unbedingt Auslauf brauchen oder ausschließlich in der Wohnung gehalten werden können.

Ich würde sagen: Das kommt auf die Katze an, ihre Rasse, ihr Alter. Es kommt außerdem auf die Größe der Wohnung an und nicht zuletzt auf die Einstellung des betreffenden Menschen gegenüber seinen Möbeln, Textilien und Tapeten. Hier sei noch einmal darauf hingewiesen, daß sich meine Erfahrung nur auf die bunte Mischung erstreckt, die man »deutsche Hauskatze« nennt.

Perser und Siam-Katzen, Karthäuser und Maine-Katzen zeigen möglicherweise Verhaltensmuster auf, die sich mit meinen Beobachtungen nicht decken.

Ich war immer in der glücklichen Lage, unsere Katzen ungehindert kommen und gehen zu lassen, was ihren eigenen Intentionen zweifellos am meisten entsprach.

Mit stoffbezogenen Klettergerüsten drinnen, die wir ab und zu geschenkt bekamen, haben die unsrigen nie etwas anfangen können, und vorgefertigte Höhlen aus Plüsch haben sie nie betreten.

Dagegen kommt mir ein Erlebnis meiner Nichte Nicola im fernen San Salvador mit ihrem Kater Fluschi sehr bekannt vor. Fluschi hatte seine Mutter verloren, als er nur wenige Wochen alt war und wurde von Nicola mit einer kleinen Flasche aufgezogen. Fotos aus jener Zeit weisen ihn als spitzgesichtiges, rötlich-weißes Geschöpf aus, das auf einem Handteller bequem Platz hatte.

Er entwickelte sich langsam und stetig und folgte seiner Ziehmutter auf Schritt und Tritt, indem er, um Balance bemüht, hinter ihr herkrabbelte.

Samstag abends wurde Besuch zum Essen erwartet.

Meine Schwester kümmerte sich um die deutschen Spezialitäten in der Küche, Nicola oblag die Dekoration.

Sie öffnete die Schubladen der Anrichte, entnahm ihnen frische Tischtücher und Servietten, deckte die lange Tafel, verteilte Teller, Gläser und Besteck, Blumenvasen, Salz- und Pfefferstreuer.

Die Gäste erschienen vollzählig und pünktlich, schwenkten ihre Cocktailgläser und begehrten Fluschi zu sehen, das Waisenkind, Nicolas Stolz und Freude.

Aber Fluschi war nicht da.

Meine Schwester durchsuchte hastig und verstohlen Wohnraum und angrenzende Terrasse, Nicola lief hinauf in ihr Zimmer, mein Schwager stieß lockende Töne im Patio aus.

Als man die Gäste beim besten Willen nicht mehr länger warten lassen konnte, fanden sich die Gastgeber bekümmert wieder ein und baten zu Tisch, ohne Fluschi vorgeführt zu haben.

In Anbetracht dessen, daß er noch recht unsicher auf den Beinchen war, wirkte sein Verschwinden äußerst dubios und beunruhigend.

Nicola aß nichts.

Die Sorge um Fluschi hatte ihr den Appetit verschlagen.

Als die Tafel aufgehoben wurde und die Gäste auf die nächtliche Terrasse hinaus traten, räumte sie den Tisch ab. Ihre eigene Serviette war unbenutzt und konnte wieder zurückgelegt werden. Es war wirklich ein Jammer.

Sie öffnete die Schublade, und dort, auf einem Tischtuch zusammengerollt wie eine Schnecke, lag Fluschi und schlief friedlich.

Dergleichen, in vielen Varianten, haben wir ebenfalls erlebt. Es ist mir viel eher vorstellbar als eine Katze, die am eigens zu diesem Zweck für sie aufgestellten Kratztürmchen ihre Krallen schärft.

Was den Auslauf angeht, so neige ich inzwischen zu der Ansicht, daß unsere alten Katzen, Jüli und Emily, gegebenenfalls auch ohne auskämen. Den ganzen Winter über haben sie keine Pfote vor die Tür gesetzt. Ich könnte mir denken, daß ihnen vielleicht im Sommer ein sonniges Plätzchen vorm geöffneten Fenster genügen würde.

Aber dann müßte ich ihnen eine kleine Grasplantage anlegen, denn alle unsere Katzen kurieren ihre Magenverstimmungen mit Gras. Finden sie keins, gehen sie an die Grünpflanzen. Indessen, in ihren jungen Jahren hätte man weder Jüli noch Emily in einer geschlossenen Wohnung halten können, ohne verrückt zu werden.

Ganz abgesehen vom Thema Sauberkeit.

Der Winter ist in jeder Hinsicht die teurere, mühsamere Jahreszeit in unseren Breiten. Das betrifft nicht nur Kleidung, Schuhwerk, Winterreifen und Weihnachtsgeschenke. Auch die Katzenhaltung in unserem Fall verteuert sich enorm, und zwar durch den vermehrten Aufwand an Katzenstreu.

Solange unsere Tiere einen Teil des Tages und der Nacht draußen verbringen, hält sich der Verbrauch in Grenzen. Bleiben sie dagegen ausschließlich im Haus, müssen mehrere Katzenklos ständig überprüft und frisch eingestreut werden, sonst erlebt man unangenehme Überraschungen in Ecken und schwer begehbaren Nischen.

Aus diesem Grund verbieten sich Teppichböden von selbst, und alles, was feucht gewischt werden kann, empfiehlt sich wärmstens.

Der Kauf von Katzenstreu in handlichen Beuteln mag bei Haltung von Einzeltieren durchaus erschwinglich sein. Bei unserem halben Dutzend ist er schlichtweg ruinös.

Meine bereits erwähnte Nichte Nicola genießt den Vorzug, in der Nähe eines Strandes zu leben, wo sie jede Woche einmal schönen, weißen, trockenen Sand für Fluschi in Plastiktüten schippt und nach Hause karrt.

Ich helfe mir neuerdings damit, einmal im Jahr bei der Baustoffhandlung Bausand zu bestellen, den ich hinter den Schuppen kippen lasse.

Während der nassen Jahreszeit fülle ich jeweils ein paar Eimer ab und stelle sie unters Dach, damit sie halbwegs trocken bleiben. Das hat sich besser bewährt als andere Provisorien, Sägemehl und Sägespäne zum Beispiel, die im Pony-Unterstand sehr beliebt waren, von meinen Katzen jedoch zutiefst verabscheut wurden.

Aber ehrlich gesagt, ich atme doch jedes Jahr auf, wenn es Frühling wird und meine kleine Gesellschaft aussschwärmen kann, obwohl es immer wieder vorkommt, daß eine von ihnen in sichtlicher Eile ins Haus stürzt – um – warum wohl? Ganz richtig. Um das Katzenklo aufzusuchen.

Wer seine Katzen so in Freiheit leben läßt, kommt an regelmäßigen Impfungen nicht vorbei, in erster Linie gegen Tollwut.

Auch kämpft man ständig mit diesen und jenen Parasiten. Wurmkuren werden vierteljährlich empfohlen, und wer das für übertrieben hält, ist schlecht beraten.

Ohrmilben halten sich schon deswegen hartnäckig, weil die wenigsten Katzen gewillt sind, den Kopf minutenlang zur Verfügung zu stellen. Die Behandlung wird meist damit abgebrochen, daß die Katze sich heftig schüttelt und man selbst sich die Spritzer der Tinktur aus Gesicht und Haaren streicht.

Ungeziefer jeder Art schleppen besonders diejenigen an, die sich am meisten herumtreiben.

Unsere Nelly, wollte man sie total zivilisieren, müßte man sie jede Woche mehreren Behandlungen unterziehen, was ihr und unser Leben erheblich erschweren würde.

Also tun wir es nur zweimal im Jahr, im Frühling und im Herbst, und das bringt mich auf den Gedanken, daß die Aktion schon wieder überfällig ist.

Noch etwas ist zu beachten, wenn man seine Katze draußen herumstreifen läßt: die Fenster im Parterre, die beliebten Ausruhplätze, Fluchtorte und Aussichtspunkte, nach außen wie auch nach innen.

Unsere Fenster im Erdgeschoß sind kaum je blank zu halten, weil sich dauernd jemand mit erhobenen Pfoten daran aufrichtet, klopft und kratzt.

Daran gewöhnt man sich, am besten mit einem stets griffbereiten Fensterleder.

Gefährlich wird es bei nach oben hin aufgeklappten Fenstern, die, wie mir der Tierarzt neulich erzählte, sehr oft zum tödlichen Einstieg verlocken.

Ich weiß aus eigener Erfahrung, daß man immer wieder versucht ist, den Fensterhebel auf halb-offen zu stellen, gerade im Erdgeschoß und besonders dann, wenn man weggeht. Genau dies kann zur verhängnisvollen Falle werden, aus dem sich so manche Katze nicht mehr lebend befreit.

Daher schließe ich grundsätzlich alle Fenster, bevor ich

Haus und Hof verlasse, ganz egal, wo sich meine Katzen herumtreiben. Wenn ich zurückkomme, finde ich sie aufgeplustert auf den Fensterbänken vor, vielleicht ein bißchen unterkühlt, aber ansonsten unversehrt.

Es kann auch sein, daß zwischen ihnen eine tote Maus liegt. Denn ausgedehnte Ausgänge sind in der Regel mit Beutezügen verbunden. Man darf in dieser Hinsicht nicht zimperlich sein.

Fast alle Katzen, die ich kenne, schleppen mit Geschrei jeden Fang nach Hause, ungeachtet der Reaktionen, die es hervorruft.

Inzwischen unterscheide ich deutlich zwischen den verschiedenen Lebensäußerungen meiner Katzen. Ich höre am Ton, ob eine hereingelassen werden will (normales Miau), ob ein Streit im Verzug ist (Brummen und Keifen) oder ob eine Beute angekündigt wird (anhaltender Klagelaut).

Im letzten Fall halte ich Türen und Fenster geschlossen und gehe nach einer Weile mit der Kehrschaufel hinaus. Das mag nicht jedermanns Sache sein.

Aber ich weiß unseren Katzen auch Dank für ihren unermüdlichen Jagdeifer.

Unser letztes Domizil wurde von Leuten erworben, die nur wochenends kamen und jede Katze vom Grundstück vertrieben, die sich nur blicken ließ.

Es gefalle ihnen gut, berichteten sie mir ein paar Monate nach ihrem Einzug, doch, ja, wirklich.

Störend, um nicht zu sagen, schockierend, sei nur die Sache mit den Betten. Wenn sie abends die Decken zurückschlügen, huschten die Mäuse aus den Laken. Ob uns das denn nie passiert wäre?

Diese Frage konnte ich besten Gewissens mit nein beantworten.

Selbst im Keller, wo wir jahrelang Getreide für die Pferde lagerten, das bekanntlich alle Nager anzieht, ist mir nie eine Maus begegnet.

In diesem Zusammenhang seien auch die Vögel erwähnt, die sich, da sie nicht erdgebunden sind wie die Mäuse, von Katzen nur selten erwischen lassen. Unter unseren Dächern nisten Schwalben seit altersher, und nicht einmal unsere gewandte Kletterkatze Jüli hat es jemals geschafft, ein Nest zu plündern.

Vor Elstern, Krähen und Bussarden, die in den Wipfeln der Tannen und Fichten leben, nehmen unsere Katzen eher Reißaus, als sich mit ihnen anzulegen. Findet eine unfreiwillige gemeinsame Jagd auf abgemähten Wiesen statt, lassen unsere Katzen stets jedem Raubvogel den Vortritt. Unser Foncho braucht nur eine Krähe in seiner Nähe zu sehen, um in panischer Eile den Rückzug anzutreten.

Und wer es seiner Katze verübelt, wenn sie tatsächlich einmal einen Vogel erlegt, der sollte sich das Federvieh vor Augen halten, das er selbst im Laufe seines Lebens verspeist hat, vielleicht sogar Stubenküken, eine perverse Spezialität, die sich neuerdings auf jeder Speisekarte exklusiver Restaurants befindet.

12. KAPITEL

... und grau
ist alle Theorie

Inzwischen ist es vollends Frühling geworden und höchste Zeit für mich, all meine guten Ratschläge selbst zu beherzigen, statt sie unablässig niederzuschreiben.

Nelly sieht aus wie ein gerupftes Huhn. Ich weiß nicht, wie lange schon. Ich weiß nicht, warum.

Es fällt mir schwer, so etwas zuzugeben, es ist mir peinlich, sie in diesem Zustand dem Tierarzt vorzuführen.

Mit Recht kann er mir vorhalten, die ersten Zeichen übersehen zu haben.

Man wartet nicht bis zum letzten Moment.

Man behält seine Tiere im Auge, wachsam, zuverlässig, immer.

Vielleicht kriegt Nelly nur ihr Sommerkleid?

Ich glaube es nicht.

Eine so extreme Form von Fellwechsel gibt es gar nicht.

Auf ein weises, abschließendes Expertenwort, das hier am Platze wäre, muß ich leider verzichten.

Neue Erfahrungen winken, neue Probleme nahen.

Die Praxis hat mich wieder, und grau ist alle Theorie.

Band 12186

S. Fischer-Fabian
Geliebte Tyrannen

Ein Brevier für Katzenfreunde und solche, die es werden wollen

Die Katze ist das geheimnisvollste Haustier des Menschen
– und das komplizierteste, denn wer könnte schon von
sich behaupten, er wisse, was in der Seele seiner Katze
vorgeht. Dieses humorvolle Katzenbuch ist ein heiterer
Führer durch das Seelenleben der ›geliebten Tyrannen‹.
Auf vergnügliche Art erklärt der Autor alles, was man über
sie wissen muß; zwischendurch erzählt er köstliche
Geschichten wie zum Beispiel über die Katze des Prophe-
ten Mohammed oder über das erste Katzenrennen der
Welt – und nicht zuletzt über den Katzenjammer.

Laura Sturm

Das NEUE Duden-Duell

Das ultimative Sprachquiz

Dudenverlag
Berlin

Inhaltsverzeichnis

1 Rechtschreibung 7

2 Stil 23

3 Wörter in Bildern 33

4 Grammatik 41

5 Fremdwörter 51

6 Aussprache 61

7 Wortherkunft 71

8 Synonyme 81

9 Sprachliche Zweifelsfälle 89

10 Wortbedeutung 99

11 Redewendungen 109

12 Zitate und Aussprüche 119

LÖSUNGEN 129

Auswertung 203

Lösungswörter 206

Bildnachweis 207

Impressum 208

Das NEUE Duden-Duell

Sind Sie bereit, es mit dem Duden aufzunehmen? In zwölf thematisch unterschiedlichen Runden werden wir Sie prüfen und dabei auf das Wissen aller Duden-Bände zurückgreifen. Umfassender kann ein Quiz zum Deutschen nicht sein! Das Duell startet mit dem bekanntesten Gebiet, nämlich der Rechtschreibung, fordert sodann Ihre Stilsicherheit und Ihr Allgemeinwissen heraus und ergänzt die erste Hälfte mit Fragen zur Grammatik, zu Fremdwörtern und zur Aussprache. In den anschließenden Wettkampfrunden wird der Duden Ihre Kenntnisse im Bereich der Wortherkunft und der Synonyme auf Herz und Niere prüfen. In der neunten Runde wird er Sie ordentlich ins Zweifeln bringen und das Duell mit Fragen zur Wortbedeutung, zu Redewendungen, Zitaten und Aussprüchen abschließen.

Jeder möglichen Antwort ist ein Buchstabe zugeordnet. Die richtigen Antworten zu je 6 (oder 9) Fragen ergeben ein Lösungswort. Es könnte Sie auf die richtige Spur bringen, sollten Sie bei einer Frage mal unsicher sein.

Nehmen Sie die Herausforderung an, belohnt der Duden Sie im Lösungsteil mit zahlreichen interessanten Zusatzinformationen (ab S. 129). In der Auswertung schließlich erfahren Sie, wie erfolgreich Sie abgeschnitten haben (ab S. 203).

Egal, wie gut Sie sich mit der deutschen Sprache schon auskennen – in diesem Buch werden alle fündig.

Viel Spaß!